Maria Beig

Ein Lebensweg

Roman

KLÖPFER&MEYER | TASCHENBUCH

Maria Beig

Ein Lebensweg

Roman

KLÖPFER&MEYER | TASCHENBUCH

Maria Beig wurde 1920 in eine kinderreiche oberschwäbische Bauernfamilie hineingeboren. Nach der Ausbildung zur Hauswirtschaftslehrerin war sie im Schuldienst tätig. Sie heiratete und zog nach Friedrichshafen. Nach ihrer vorzeitigen Pensionierung veröffentlichte sie mit überaus großem Erfolg ihre ersten Romane, »Rabenkrächzen« und »Hochzeitslose«. Für ihr Werk erhielt sie den Alemannischen Literaturpreis, die Verdienstmedaille des Landes Baden-Württemberg, die Ehrenmedaille der Stadt Friedrichshafen, den Literaturpreis der Stadt Stuttgart sowie den Johann-Peter-Hebel-Preis. Zuletzt erschien 2010 ihr Gesamtwerk bei Klöpfer & Meyer.

Hardcover-Originalausgabe Klöpfer & Meyer, Tübingen 2009.

ISBN 978-3-86351-101-2

Umschlaggestaltung:
Christiane Hemmerich Konzeption und Gestaltung, Tübingen.
Herstellung: Horst Schmid, Mössingen.
Satz: CompArt, Mössingen.
Druck und Einband: Pustet, Regensburg.

Mehr über das Verlagsprogramm von Klöpfer&Meyer
finden Sie unter *www.kloepfer-meyer.de*.

Inhalt

Die Kindheit

Es war des Vaters Mutter, unsere Großmutter, die jeden Tag von nebenan zu uns kam. Mein allererstes Bewußtwerden hängt mit ihr zusammen. Ich bin gefahren worden. Alles um mich war hell. Später habe ich mich gewundert über einen solchen Luxuswagen, einen Sportwagen, der hinten kleine Rädchen hatte. Auf diese kippte man, wenn das Kind schlafen sollte. Es wollte aber oben bleiben, doch die Großmutter drückte es wieder hinunter. Jetzt war es dunkel, denn das große, faltige Gesicht verdeckte die Helligkeit. Darum ist Haß die erste Gefühlsregung, der ich mich erinnere. Dieser wurde in der folgenden Zeit genährt. Die Großmutter rieb mit den wüsten Fingern zwei Stück Würfelzucker aneinander, damit das Butterbrot süß war. Ich weiß, daß ich das Brot des öfteren den Hennen hinwarf und dabei ein schönes Gefühl der Rache hatte.

Nun, man weiß das Jahr, den Monat, sogar den Tag, an dem die Großmutter beerdigt wurde. So kann man ausrechnen, daß ich viereinhalb Jahre alt war. Ich saß auf der Treppe, fror und weinte, weil niemand da war. Dann kam die Magd. »Jetzt wird die Großmutter begraben«, sagte sie, »und heute Nacht ist alles erfroren. Blär nur weiter!« Daß man die Großmutter begrub, war mir recht, doch ich wußte, was *alles* ist, das erfror. Es wird in diesem Jahr also keine Kirschen und Äpfel geben! Es sei ein besonders früher Frühling, hatten sie gesagt, die Kirschbäume blühten schön, und die Apfelbäume hätten dicke Knospen.

Ich weinte wohl nicht mehr, als die Eltern mit den größeren Geschwistern von der Beerdigung kamen. Immer wieder hatte ich aus dem vorderen Fenster nach ihnen geschaut und dabei die Scheibe mit Rotz und Tränen verschmiert. Der Vater fing wegen den dreckigen Scheiben sofort an zu rappeln. Obwohl die erste Tochter das Glas sofort sauber machte, schlug er mich heftig auf Kopf und Rücken. Die Mutter rettete mich ins Bett. Dort weinte ich weiter und dachte, der Vater müsse böse sein, weil es keine Kirschen gebe. Vaters Rappeln, bei dem er laut schimpfte, brüllte, fluchte und auch zuschlug wegen einer Kleinigkeit, wie einem herumliegenden Ding, einem Dreck auf der Treppe oder wie jetzt der verschmierten Fensterscheibe, begleitete die Kinder- und Jugendzeit. Zu dieser Zeit wußte ich bereits, daß das Rappeln nicht vom trüben Glas kam, sondern von größerem Ärger. Wie sollte er nicht fluchen, wo draußen alles erfroren ist? Sicher hatte er beim Totenmahl zu wenig Wein bekommen! Auch das ahnte ich, daß er angetrunken am schlimmsten rappeln mußte. Diesmal war es wegen schwerwiegendem Ärger. Der Pfarrer hatte seine Mutter am offenen Grab über die Maßen gelobt: Im Krieg hat sie sechs Söhne an den Fronten gehabt, zwei sind nicht wiedergekommen. Von ihren drei Töchtern sind zwei Nonnen in den Missionen. Außer fromm, ist sie vorbildlich mildtätig gewesen. Kein Bettler hat umsonst bei ihr angeklopft. Bei ihrem zweiten Sohn, nebenan, hat sie unermüdlich geholfen, dessen große Kinderschar zu betreuen. Alle Leute hätten den Vater angeschaut, das sagte die Mutter oft, und sie habe gesehen, wie er abwechselnd bleich und rot geworden ist. Am Grab, in der Kirche und beim Totenmahl konnte er nicht rappeln. Daheim sagte die Zweitälteste nach seinem Fluchen: »Warum hat er auch so viele Kinder?« Er hörte es nicht, und das war ihr Glück.

Als 1914 der Krieg begann, hatte er bereits drei. Währenddessen kamen zwei zur Welt, und bis zu Großmutters Tod wurden nochmal vier geboren. Die große Kinderschar, von der jener Pfarrer sprach, war aber verkleinert, denn die ersten beiden Söhne waren wieder im Himmel. Nachher kamen nochmal vier, so sind elf Kinder groß geworden. Der Vater hat seine Kinder, wenn sie noch klein waren, sehr gerne gemocht. Wenn er vom Feld oder dem Stall in die Stube kam, hat er ins Bettchen des Kleinsten geschaut und ein anderes auf den Arm genommen. Das wußte die Mutter: Bevor ein Kind drei Jahre alt war, hat er es nie bestraft. Erst wenn es danach absichtlich Blödsinn machte, schlug er manchmal zu.

Natürlich liebte er nicht alle seine Kinder gleichermaßen. Mich mochte er nicht, und ich wußte, warum. Eigentlich hätte dies zu Hermine, dem Tierleben gehört, doch als ich jenes erzählte, schämte ich mich dessen. Ich muß kaum vier Jahre alt gewesen sein. Unten am Bauch eines Bullen sah ich einen blauroten Stab. Weil der Vater gerade in der Nähe war, fragte ich, was das sei, das andere Viecher nicht haben. Er stieß mich weg und gab mir den bösen Blick, den ich nach diesem bekam, wenn er mich überhaupt anschaute. Am Neujahrstag wünschten ihm die Geschwister frisch und frech ein gutes Neues. Dem einen strich er übers Haar, zum andern sagte er, »Vergelt's Gott«, oder, »Das wünsch ich dir auch«. Ich schob es den ganzen Tag vor mir her. Erst wenn die Mutter am Abend fragte, ob ich dem Vater Neujahr gewünscht habe, ging ich ängstlich zu ihm und leierte das Sprüchlein vom langen Leben und der ewigen Seligkeit herunter. Er tat nur einen Brummer, angeschaut hat er mich dabei nie. Darum ließ ich es bleiben, als ich in die Schule ging.

Daran erinnere ich mich, wie die Mutter zu ihm in meiner Gegenwart sagte: »Sie ist nicht dumm.« Er lachte verächtlich, was der Mutter nicht gefiel. Darum meinte sie fast böse: »Der Pfarrer hat es gesagt!« Da lachte er noch ärger.

Warum schämte sich der Vater seiner großen Kinderschar? Alle hatten den rechten Verstand, alle fünf Sinne und gerade Glieder. Wenn aber jemand aufs Haus zukam, ausgenommen Bettler, Hausierer, Zigeuner, scheuchte er die War aus der Stube. Einige durften bleiben, so die Söhne, die hübschen, großen, und ein oder zwei der netten, kleinen Mädchen, wie es sich gerade ergab. Diese durften dabeisein, wenn er mit dem Gemeindepfleger redete, mit dem Viehhändler stritt oder mit einem Nachbarn recht freundlich sprach. Diejenigen der Schar, die meistens zur War gehörten, verloren den Respekt vor anderen Leuten nie. Sie wußten auch bis ins Alter nicht, mit Menschen angemessen umzugehen.

Fast zwei Jahrzehnte mußte der Vater fürchten, um Sack und Bändel zu kommen, daß sein Hof also zwangsversteigert würde. Er kam von den Schulden nicht weg. Seine Brüder übernahmen Bürgschaften. Keiner von ihnen hatte Kinder. Obwohl gespart wurde, wo es ging, mußten doch immer wieder Schuhe und Schulbücher gekauft werden. Dazuhin hatte er selber Lust, manchmal über die Stränge zu schlagen. Er kaufte ein Fäßchen Bier zur Sichelhenke, trank lieber guten Wein als billigen, hatte gerne einen schönen Anzug an. Wenn die Mutter nicht eine solche Meisterin im Wirtschaften gewesen wäre, hätte diese Heimat ein böses Ende gefunden. Sie war es, die nach den Katastrophen sagte: »Es wird weitergehen!«

Der Vater hatte kein Glück. Er spielte Klassenlotterie, gewann aber nie. In seinem Wald war schlagbares Holz. Als es verkauft war, stieg im nächsten Jahr der Holzpreis beträchtlich. Seine größeren Kinder waren der Armut überdrüssig. Sie drängten ihn, Hopfen anzulegen, denn die Hopfenbauern waren besser dran als andere. Der Anbau war aber eine kostspielige Sache, er mußte eine Giftspritze anschaffen, damit die »Rote Spinne« nicht alles vertilge, dazu einen Dörrofen. Als endlich Gehöriges zu ernten war, sanken die Hopfenpreise. Der Vater mochte den Hopfen nicht, und was man nicht liebt, kann nicht gedeihen. So ging er wieder zu den Weizen- und Haferfeldern über. Zu dieser Zeit konnte man damit nicht reich werden.

Ob er ein frommer Mann war, wußte man nicht, doch er wollte dafür gelten. Sonntags ging er zur Kirche und alle Jahre einmal, zu Ostern, zur Kommunion. Er schaute, daß seine Kinder die Pflichten einhielten. Er ritt, seit er konnte, beim Blutritt in Weingarten. Manchmal hatte er dabei die Standarte zu tragen. Diese holte er bereits am Vorabend und trug daheim die heilige Fahne durch die Ställe. Bisweilen meinte man aber, er vertraue eher bösen Mächten. Mit einer Nachbarin, die viel von Hexen und Teufeln wußte, redete er zu gerne. Die Mutter schimpfte ihn abergläubisch, wenn sie's gesehen hatte. Wenn er, was selten vorkam, von Gott sprach, tat er es mit großartigen, geschwollenen Worten: Die Vögel singen das Gotteslob.

Alle Kreatur dient dem Allmächtigen. Gottes Sternenzelt ist herrlich. Er erwähnte gerne, wie vor tausenden von Jahren auf das Bayernland und in seiner Jugend auf Sibirien so ein Stern gefallen sei. Die Kinder spürten, daß er sich einen solchen Brocken aufs Haupt wünschte. Das war aber nur in seinen gehobenen Stunden, und die Mutter langte sich an den Kopf.

Wie gut der Vater anfangs mit dem Nazitum zurechtkam, war leicht zu erklären. Es ging ihm tatsächlich besser, was das Wirtschaftliche betraf. Laut Gesetz durfte kein Bauernhof ab einer bestimmten Größe mehr unter den Hammer kommen. Solche ohne Nachkommen mußten im Geschlecht bleiben, und der Vater hatte zwei Brüder, die Höfe, doch keine Kinder hatten. Viele Kinder zu haben, war eine Ehre. Auf die Ehre hätte er verzichten können, doch der Hitler bekam an der Wand in der Stube den Ehrenplatz. Vielleicht war sein Verhältnis zu ihm wie das zu Gott, denn nur mit hochtrabenden Worten, wie »der Retter des Vaterlandes«, sprach er anfangs von ihm. Sein großer Sohn kritisierte, als er bei der Wehrmacht war, auf üble Weise. Von den schlimmen Dingen, die die Nazis trieben, wollte er nichts hören, und wenn der Sohn lästerte, ging er aus der Stube. Als aber der Krieg begann, kam das Führerbild weg. Er sagte nun nie etwas anderes, als daß dieser verloren sei. »Mit Mann und Roß und Wagen hat sie der Herr geschlagen«, hörte man von ihm. Das sei für den Napoleon gemünzt, schalt die Mutter. Der Vater mußte das hoffnungslose Warten und die traurige Gewißheit nicht mehr erleben. Das war Sache der Mutter.

Im letzten Kriegssommer ist der Vater richtig krank geworden. Seine beiden großen Söhne waren nicht mehr da. Der Jüngste, jetzt noch ein Schulbub, trieb mit den jüngeren Schwestern, die älteren hatten Städter geheiratet, den Hof um. Der Vater verkroch sich in die Stubenkammer. Nur die Mutter durfte ihn pflegen. Weihnachten erlebe er nicht, behauptete er. Der Arzt milderte dies auf das nächste Frühjahr ab. Vaters viele Töchter waren wegen des Kriegsgeschehens daheim. Sie sahen voraus, daß sie für die Trauer nichts Passendes anzuziehen hatten, was damals, und in ihrer Pfarrei besonders, recht übel war. Es gab keinen Fetzen Textilien zu kaufen. Miteinander hatten wir den Einfall. Ich konnte ein bißchen schneidern. So versuchte ich's mit Vaters wenigstem guten Anzug. Er zog diesen an, wenn er zur Kartoffelablieferung und dergleichen fuhr. Die zertrennte Hose ergab den Rock. Das Jackett bedurfte ein paar Abnäher wie Kürzungen. Auf die vorhandenen Knopflöcher setzte ich die Knöpfe und nähte rechterseits schöne Knopflöcher. Das komplette Kostüm! Jeder Schwester hätte es gepaßt. Nun muß gesagt sein, daß der Vater trotz seiner Armut ein hoffärtiger Mann war. Wehe, wenn jemand seine Kleiderbürste in die Hand nahm! Er hatte eine gute Figur. Immer wieder ließ er beim Schneider im Nachbarort einen Anzug machen. Dazu suchte er gediegene, dunkle

Stoffe aus. Sie wagten sich an den nächsten, den der Vater anzog, wenn er mit Ferkeln zum Markt oder aufs Rathaus mußte. Dann kam sein minderer, nachher sein bester Sonntagsanzug dran.

Es war Ende November. Am Samstagnachmittag saßen sie zu Vielen in der Stube. Draußen wehte und schneite es. Auf einmal kam der Vater aus der Kammer. Das Nachthemd hatte er in die Werktagshose gestopft, denn seine rechte Kleidung war in seinem Schrank in der Oberstube. Dort hatten sich an diesem Wochenende die Töchter über seinen Festtagsanzug hergemacht. Zu jeder Zeit hatte er einen besonders guten. Ihn zog er an, wenn der Zylinder dazugehörte, wenn der Kriegerverein ausrückte oder ein Kind Erstkommunion hatte. Eine der Schwestern hatte immer noch kein Kostüm, darum nutzte ich jede freie Minute zum Nähen. Normal hatte ich ein paar andere Berufe. Jetzt, da der Vater in die Stube kam, trennte ich gerade die Nähte seiner Festtagshose auf. So schnell wie möglich warf ich ein Papier über die Arbeit. Ich wußte nicht, ob er gesehen hat, was ich da machte. Er war aber lustig, wie aufgedreht. »Ich will euch sagen, Gott meint es gut mit mir! Den ganzen Winter lang sitze ich auf der Ofenbank.« Dann setzte er sich, um weiter zu prophezeien: »Jawohl! Im Frühjahr bin ich gesund!« Jemand sagte: »Hei!« Ein anderes: »Ja.« Alle wußten, es war die Spritze, die ihm der Doktor gegeben hatte. Die Mutter ließ den Arzt zur Unzeit holen, weil Vaters Schmerzen schlimm waren. Nun saß er eine Weile. Die Begeisterung über die Ankündigung seiner Genesung war ihm sicher zu gering. Fast mürrisch befahl er: »Bringt mir einen Most!« Er wollte trinken. Das Glas lag aber gleich zerbrochen auf dem Boden. »Komm nur ins Bett«, sagte die Mutter und half ihm. Er sah jetzt aus wie der Tod. Eine Schwester meinte, das Mostglas habe er umgestoßen, weil er es wisse. »Was weiß er?« Ich fürchtete, das mit seinen Anzügen; andere meinten jedoch sein Sterben. Es ist nicht Weihnachten geworden.

Das letzte, dunkelste Kostüm war noch nicht fertig. Knöpfe wie Knopfloch saßen zwar, doch der Rocksaum war nur weiß geheftet. Der Vater lag die dritte Nacht, jetzt im Sarg, in der Stubenkammer. Ich hatte die jüngste Schwester gebeten, bei mir in der Stube zu bleiben. Den Saum wollte ich mit Hexenstichen festnähen, mit den Stichen, die man auf der Außenseite kaum, wenn sie sorgsam genäht, gar nicht sieht. Darauf kam es bei dem schönen Kostüm an. Ich hatte viele hunderttausend solcher Stiche schon gemacht, sie auch Schülerinnen im Unterricht gelehrt. Der Hexenstich muß von links nach rechts genäht werden. Der Weg um den Rock war weit. In dieser Nacht machte er Mühe. Zudem verschlingt der Stich eine Menge Faden. Die Schwester hatte eine zweite eingefädelte Nadel bereit. So ist es spät geworden.

Alle im Haus schliefen. Ich meinte eben eingeschlafen zu sein, da kam der Vater in unsere Kammer. Er sah aus wie an jenem Samstag. Sein Totengesicht war aber böse, und er schleuderte mir den Nähkorb an den Kopf. Einen Moment lang wunderte ich mich, daß nichts wehtat. Das Trennmesser, zwei Scheren, das harte Stopfei, das Nadelkissen samt vielen losen Nadeln und Fadenrugeln prasselten über mich. Im Schrecken muß ich aufgesprungen sein. Auch die Schwester war aufgewacht. Ich schaute suchend unter ihr Bett. »Was suchst du denn?« »Fadenrollen.« Erst als ich das aufgerollte Maßband, das ich aus Versehen mit hinauf genommen hatte, neben meinen Kleidern sah, wußte ich, daß es nichts als ein Traum war. Wir waren froh, so früh schon auf den Beinen zu sein, denn es lag ein schwerer Tag vor uns. Dann weinten wir, wie es sich für einen viel zu früh verstorbenen Vater gehörte. Nicht nur eine Person, Nachbarn und Verwandte, sprachen sich bei der Mutter lobend darüber aus, wie passend die Töchter gekleidet seien. Später, der Vater war schon eine Weile unter dem Boden, redete ich von jenem Traum. Die Jüngste sah mich groß an. Sie entsinne sich gut. Als sie aufgewacht sei, habe sie gespürt, daß der Vater gerade da war.

Noch etliche Notjahre waren die dunklen Kostüme aus Vaters Anzügen wichtig.

Die Mädchen fragten die Mutter, warum sie den Vater geheiratet habe. Den größeren erzählte sie es. Die ganzen jungen Jahre sei sie mit dem Philipp gegangen. Dabei ist sie nicht mit ihm spazieren-, irgendwohin fort- oder gar ins Bett gegangen. Eben ihre Gedanken seien bei ihm gewesen. Er habe sie auch gern gehabt. »Als es aber ans Heiraten ging, hat er dieses reiche Mädchen vorgezogen«, und sie meinte dazu, seine Eltern hätten es verlangt. Die Mutter hatte drei Schwestern und fünf Brüder. Aus Zorn habe sie bald nach Philipps Hochzeit den von den Müttern gekuppelten, ihr fremden Burschen geheiratet. Vor der Hochzeit hätten sie einander nur dreimal gesehen. Äußerlich habe er ihr gefallen. Sie wollte Vaters Ehre nicht schädigen, darum sagte sie: »Wir sind dann besser miteinander ausgekommen, als ich befürchtet habe.« Die Zweitälteste lachte: »Das ist zu sehen!« Nach solchen Bemerkungen erzählte die Mutter nichts mehr von sich. Die Zweite war zwar ein hübsches, doch freches Luder. Eine andere der Töchter hätte so etwas nie gesagt, einer der Söhne sowieso nicht.

Jedes der Kinder wird die Mutter nach seiner Art aus den frühen Erinnerungen im Gedächtnis haben. Mir sind solche an die frühe Tageszeit klar und kostbar. Nach dem Morgenessen sagte sie entschieden: »Ich will jetzt die Kind richten!« Nicht, daß jemand sie zu anderer Arbeit drängte. Vorher hatte sie fünf bis acht Kühe gemolken, das Federvieh und die Schweine gefüttert und für das Frühstück gesorgt. Die großen Kinder, die in den oberen Schuljahren oder gar schon heraus waren, mußten sich in Küche und Kammern waschen und selbständig an ihre Aufgaben gehen. Für die Kleinen trug sie die große Waschschüssel, Seife, Schwamm und alles, was sie zum Richten brauchte, in die Stube. Hatte sie ein noch recht Kleines, stellte sie das zinkene Badewännchen auf die Bank. Konnte das Jüngste bereits sitzen, durfte es spritzen und planschen, daß das Wasser auf dem Boden stand. Während sie die Schar dem Alter nach wusch, kämmte, anzog, betete sie jedesmal in gleicher Reihenfolge die Kindergebete. Wer zur Schule mußte, bekam den Weihwasserspritzer. »Paß auf!« sagte sie jedesmal, was den weiten Schulweg wie den Unterricht betraf. Mit den Jüngsten trödelte sie ein bißchen. Sie erzählte kleine Geschichten, viele Male dieselben. Vom Annele, das von einem Geier geraubt war und vom Vater befreit, vom ungehorsamen Elsele, das die Mutter verlor. Manchmal war es das Ende eines Märchens oder eine von ihr erdachte Geschichte. Die Großmutter kam zu früh und sagte: »Bist du noch nicht auf dem Acker!« Dann strählte diese weiter und riß an den Haaren. Als es keine Großmutter mehr gab, schaute der Vater mürrisch in die Stube. Er sagte: »Wo bist du denn?« Ich kann mich nicht erinnern, eine der schönen Morgenstunden sei an einem Sonntag gewesen. Da mußte die Mutter wohl oder übel in die Kirche. Wir Kinder kamen uns den ganzen Sonntag »ungerichtet« vor.

Allen ihren Kindern blieb das dunkelbraune, hölzerne Butterfäßchen im Gedächtnis. Jede Woche einmal veranstaltete die Mutter damit ein Butterfest. Sie stellte es in der Stube auf die Bank, wo am Morgen das Badwännchen stand. Sie saß davor und rührte. Zuerst ging es rasch und leicht, als ob Wasser im Faß sei. Dazu sagte sie: »Es gibt kein Butter, es gibt kein Butter.« Dieses so lang, bis es sahnig klang und sie schwerer zu rühren hatte. Auf einmal plätscherte es im Fäßchen, als wären nasse Lappen darin. Sie drehte noch dreimal vor und zurück. Dann gingen die Zuhörer ihres Wegs. Auch beim Brotbacken, das jede Woche einmal stattfand, saßen wir in der Reihe. Diesmal beim heißen Ofenloch. Mit dem nassen Strohbesen kehrte sie die Glut beiseite. Es zischte. Mit jedesmal denselben Bewegungen formte sie Dinnete, Zöpfe, Laibe, und dabei sprach sie kein Wort.

Die Mutter erzählte gern. Waren die Kinder in den oberen Klassen, erst recht danach, erzählte sie ihnen aus den Romanen, die sie las. Oft waren es die heftigsten Liebesgeschichten. Hörte der Vater mit zu, schalt er: »Den Kindern solche Sachen erzählen!« War er außer Hörweite, mußte sie es sagen, wie die Liebenden doch noch zusammenkamen. Ihre Lektüre waren die Fortsetzungsromane im *Tagblatt*, im *Landwirtschaftlichen Wochenblatt*, in der monatlichen *Stadt Gottes*. Auch aus dem Sonntagsblatt wußte sie Geschichten. Ergatterte sie ein Buch, las sie begierig. Sie legte es den Töchtern hin und sagte: »Das müßt ihr unbedingt lesen!« Manchmal trug sie ein Gedicht vor. »Das Abendlied« von Gottfried Keller – von den Augen, den lieben Fensterlein – sagte sie besonders schön auf. Von ihren gescheiten Brüdern aus der Jugendzeit her hatte sie lange Balladen im Kopf. Sie deklamierte und erzählte nicht während der Mußestunden, sondern bei der Arbeit, beim Hacken und Häckeln, beim Häufeln und Jäten, beim Schneiden, Schnipfeln, Zupfen und Verlesen. So war Binden von nassem Stroh im zugigen Schuppen für Garbenbänder doch keine häßliche Arbeit. War das Schaffen gar zu schlimm, wußte sie, daß von der Stirne heiß rinnen muß der Schweiß und daß der schrecklichste der Schrecken der Mensch sei in seinem Wahn.

Außer den Kirchgängen und den Fahrten zum Markt in die Stadt, wo sie Butter und Eier verkaufte, kam sie kaum irgendwohin. Als der Vater im Gemeinderat war, durfte sie einen Ausflug mitmachen. Sie erzählte oft und lange Zeit davon. »Die Welt ist groß und schön«, sprach sie. »Wenn ihr erwachsen seid, müßt ihr sie anschauen!« Die meisten ihrer Kinder haben viel mehr von der Welt gesehen als sie, doch im Schildern, was sie sahen, kam ihr keines gleich.

Ihre Söhne liebte sie vielleicht etwas mehr als die Töchter. Das war verständlich, denn von den fünfen, die sie geboren hat, mußte sie vier lang vor deren Zeit wieder hergeben. Die Mädchen mochte sie, ohne eine Ausnahme zu machen. Erst wenn sie merkte, daß die eine oder andere »ein Mannsbild im Kopf hatte«, wie sie sich ausdrückte, bekam ihre Liebe einen Knick. Sie konnte aber auch einen Burschen mitlieben. Auf Nachbarskinder wie Schulkameraden war man ihretwegen eifersüchtig. Jedermann redete gern mit ihr. Ja, Mutters Anteilnahme an Menschenschicksalen schien ohne Grenzen zu sein. Viele Bettler, Hausierer, später Hamsterer, kamen immer wieder ins Haus. Dabei hatte sie selber genug zu leiden. Es herrschte Geldnot. In manchem Frühjahr erfror, was hätte Früchte tragen sollen. Hagelschlag zerschlug Ernten. Viele Sommer waren verregnet, andere ganz trocken. Der Sturm riß Obst- und Hopfengärten um. In den Ställen hatten sie manches Unglück. Ein Pferd starb an Kolik, eine Kuh verendete beim Kalben, eine Sau bekam Speckferkel. Maul- und Klauenseuche, Schweinepest und Hühnerpips grassierten. Wenn der Vater verzweifeln wollte, blieb doch Mutters Zuversicht und Gleichmut größer.

Erst Jahre nach dem Zweiten Weltkrieg, als der junge Sohn zum Wohlstand kam, konnte man bei ihr etwas wie Hartherzigkeit erkennen. Mit den Töchtern, die das große Glück nicht hatten, mit dieser, die keinen Mann bekam, auch mit jener, die keinen wollte, und mit derjenigen, die den ihrigen vorderhand nicht mehr mochte, war sie kurz angebunden. Je wohlhabender eine der Töchter war, desto mehr galt sie bei ihr. Im höheren Alter hat sie sich wieder verändert. Sie mochte alle Töchter mitsamt den Schwiegersöhnen, vor allem die Enkelkinder. Es waren um die zwanzig.

Die schwarze Trauerkleidung nach Vaters Tod behielt sie bei. Sie hätte zu oft wechseln müssen. Für Nachbarn und Verwandte, für Söhne und eine Tochter hatte sie zu trauern. Die Sonntagsgewänder, die Mode konnte sein, wie sie wollte, trug sie lang, etwa zwei Handbreit über dem Schuh. Ihre Werktagsröcke durften Flecken haben und waren praktischerweise kürzer. Weil die Mutter sich dauernd bückte, sahen sie vorne länger aus als hinten. Mit achtzig ist sie gestorben.

Als der Pfarrer an ihrem offenen Grab die Gebete gesprochen hatte, trat ein Mann vor und hielt eine Ansprache. »Helena!« rief er ihren Namen zwei- oder dreimal, »Kaiserin Helena hat das doppelte Kreuz aufgefunden! Diese Helena hat das Kreuz vielfach gefunden«, redete er weiter, und für die Angehörigen fing die Rede an, peinlich zu werden. Dann glitt er ab zu Buschs »Frommer Helene«, und man lächelte. Viele Leute kannten diesen spinnigen Herrn, der ohne Grund in Häuser ging. Die gastfreundliche Mutter hatte ihm stundenlang zugehört.

Ich kam mit dem Ehemann von der Beerdigung heim ins Haus in der Stadt. Gerade hatte ich die Haustür hinter mir zugemacht, klingelte die Türglocke schrill, laut und zu lange, als hätte ein Lausbub oder aufdringlicher Hausierer auf die Heimkunft der beiden gewartet. Mein erster Gedanke war, und der Mann sagte es halb lachend: »Die Oma will nicht draußen bleiben.« Wir öffneten sofort, doch da war niemand, weder auf, noch neben oder unter der Haustreppe, nicht im Kellerabgang, noch im Busch am Sträßchen, ums ganze Haus niemand. Das gute Gefühl, den Geist der Toten hereingelassen zu haben, verließ mich nie. Ich redete und erzählte oft und gerne von der Mutter. Wahrscheinlich habe ich mir damals vorgenommen, von ihr sogar zu schreiben.

So lange ihre Kinder zu jung waren, Knechts- und Magdarbeiten zu tun, stellten die Eltern Dienstboten an. So hatte der Vater für einen Sommer lang einen Knecht, die Mutter für ein paar Monate nach den Kindbetten eine Magd. Vom Markt hatte der Vater diesen Knecht gebracht. Er lobte ihn bald wegen seines Fleißes. Die Mutter sagte aber nach ein paar Wochen: »Schick den Knecht weg! Er ist venerisch.« »Woher willst du das wissen?« »Von der Magd.« Und ich wußte nicht, was venerisch ist! Ich fragte die Mutter, bekam jedoch keine Antwort, was kaum einmal vorkam. Die Magd konnte ich nicht fragen, weil ich diese nicht mochte. Beim Mittagessen hat das Mensch allen gesagt, daß ich dem ganz Kleinen den Schnuller aus dem Mund genommen habe, um selber daran zu nuckeln. So fragte ich die große Schwester. »Ich glaub, eine ansteckende Krankheit.« Darum wollte ich beim Knecht rote Flecken sehen, denn im Frühjahr hatten wir eins ums andere Masern gehabt. »Warum?« fragte dieser, und alle lachten mich aus. Beide, der venerische Knecht und die spottlustige Magd, sind gegangen, noch bevor der Sommer ganz da war. Der Vater rappelte wieder einmal. Ein nächster Knecht hieß Kanaster. Er hatte die Ziehharmonika in einem Kasten dabei. Er spielte am Feierabend auf der Haustreppe und sang dazu. Wenn es hieß, »Der Holderstrauch, der blüht schon längst nicht mehr«, mußte er mit Tränen kämpfen. Wenn es regnete, spielte und sang er in der Stube, und dann war es noch schlimmer! Beim Elternhaus, das er schon lang nicht mehr geschaut, liefen ihm die Tränen tatsächlich durch die Bartstoppeln. »Dann geh doch heim!« sagte mein Bruder. Uns Kindern gefiel nämlich die gequetschte Musik nicht. Der Vater schimpfte: Musik und Gesang seien immer zu achten! Ich brauchte lange, bis ich einen Gesang schön fand. Der Kanaster blieb da bis nach Martini. Wir hatten auch einen taubstummen Knecht. Die Mutter verbot uns, ihn etwas zu fragen, damit er nicht an einer Antwort ersticke. Ein anderer kam nach Ostern ins Haus und bat um Arbeit. Er war ein rothaariger Kerl, in Vaters Alter, sagten sie. Sein Name war Gottfried. Der Vater war sehr zufrieden mit ihm. Vielleicht war auch Gott zufrieden, doch er war's nicht mit seinem Leben. Sie merkten bald, daß er in einer besseren Bauernstube als der ihren aufgewachsen war. »Wir waren nur zwei«, sagte er mißmutig in das Kindergewimmel. Wenn diese »wüst« taten, meinte er, bei ihm daheim sei es vornehmer zugegangen. Auch größere Felder und Wiesen hätten sie gehabt, sagte er ärgerlich. Als hätte er bei ihnen zu wenig

Arbeit! Er trank am Abend gerne Most, und nach dem zweiten Krug war er gesprächig: Er müßte selber Bauer sein auf einem großen Hof, droben auf der Alb! Wenn keines von den Mädchen mehr in den dunklen Keller mochte, um einen weiteren Krug voller Most zu holen, schimpfte er: »Weiberwirtschaft! Meine Mutter, die Kuh! Meine Schwester, das Mensch!« Allein die Mutter verstand es, ihn auszufragen. Er war der einzige Sohn. Zwei Jahre ist er aktiv Soldat gewesen, anschließend vier Jahre an den Fronten, dazu zwei Jahre in England in Gefangenschaft. Als er heimkam, trieb die Schwester, die bereits Kinder hatte, mit einem tüchtigen Mann den Hof um. Und an nächsten Abenden schimpfte Gottfried: »Lieber schufte ich bei fremden Bauern! Nicht bei denen als Knecht!« Er müsse doch ein Vermögen bekommen haben, meinte die Mutter. »Ein großes!« prahlte er, doch dann winkte er ab. Ein Teil davon sei im Kloster für ihn, im Fall er alt werde, das andere Geld kaputt durch die Inflation. »Versoffen«, flüsterte das älteste der Mädchen. »Wohl zum Teil im Most«, meinte die Mutter, wenn er's nicht hörte. Im Alkohol ertränkte Gottfried seine Unzufriedenheit. Oft, wenn er abends den dritten Mostkrug leer hatte, stand er vor dem Vater stramm. Dabei schlug er die Absätze zusammen, zuckte die rechte Hand an die Stirn und meldete: »Feldwebel Hummel vom soundsovielten Artillerieregiment!« Wir Kinder lachten schallend. Der Vater schalt, und weil er auch etwas zu viel Most getrunken hatte, redete er geschwollen: »Fürs Vaterland, das teure, hat er acht Jahre seines Lebens geopfert.« Wenn der Vater vom heiligen Vaterland redete, tat er's so geschwollen, als rühme er Gott. Die Mutter konnte ihn dann nicht ausstehen. Darum jagte sie uns ins Bett, bevor wir noch mehr lachten. Gottfried schaffte gehörig. Heu und Weizen waren eingebracht. Der Sommer ist lang und macht durstig. Der Herbst mit den Mostäpfeln war noch weit entfernt, und bis der Süßmost vergoren war, nicht abzusehen. So verdünnte der Vater den noch vorhandenen Most mit Wasser. Das gefiel Gottfried nicht. Am Sonntag, als er die sieben Mark Lohn für die vorige Woche hatte, holte er seinen Beutel und ging davon. Der Vater fluchte, denn es war vor der Haferernte. Wegen der Roß hatten sie ein großes Haferfeld. Später ist Gottfried als Kunde zu ihnen um ein Glas Most gekommen. Der letzte Knecht, den wir hatten, war kaum älter als der große Bruder. Als sie an einem frühen Morgen in den Stall kamen, lag dieser hinter einer Kuh. Er verdrehte die Augen und die Glieder. Er hatte Schaum vor dem Mund. Die Kuh rührte sich nicht, stand steif wie ein Stock. Der Striegel lag unter ihrem Bauch, mit dem der Junge sie von den Glattern befreien wollte. Erst als man ihn aus ihrem Dreck getragen hatte, rührte sie sich und schaute nach hinten. Die Mutter sagte zum Vater: »Bring ihn in die Anstalt zurück! Er hat das Fallig Weh.« Auch der letzten Magd erinnere ich mich. Ihre Zöpfe trug sie wie

Schnecken auf den Ohren. Das gefiel mir. Sie fragte: »Wie heißt du richtig?« Sie sagten nämlich »Mei« zu mir, meist »Zänne Mei«, weil ich so oft weinte. »Schade um deinen schönen Namen«, meinte die Magd. Zu ihr sagte man Waldburg, was ich auch schade fand. Von der größeren Schwester, die den Schulausflug dorthin machen durfte, wußte ich, daß das ein altes, finsteres Schloß auf einem Bergkegel ist, nicht weit von uns. Eine Nachbarin fragte mich, wie die nette Magd heiße. »Waldfest«, sagte ich. Damit wollte ich dem Namen Ehre antun. Deswegen verspottete man mich; nur die Mutter wußte zum Trost, Walburga sei eine große Heilige gewesen.

Dann kamen nacheinander drei Töchter und zwei Söhne aus der Schule. Mit dem ersten Sohn gab es eine Schwierigkeit. Er hörte von seinen HJ-Kameraden, wie angenehm deren Lehre und Arbeit sei. Und er sah, wie sie am Wochenende Geld in der Tasche hatten. Er wolle also im Betrieb in der Stadt arbeiten, nicht mehr ohne Lohn schuften und schwitzen. Da hatte er schon des Vaters Faust im Gesicht. Das Blut lief ihm aus der Nase. So grob war der Vater sonst nicht, doch der Sohn in der Fabrik, das ging über sein Menschsein. So blieb der Große. Es war aber ein ungutes Zusammenarbeiten. Zum Glück mußte der Bub zum Arbeitsdienst, dann zum Militär, anschließend in den Krieg. Zum Unglück verhungerte er in Rußland.

Mit dem zweiten gab es andere Probleme. Dieser arbeitete willig und fleißig, was sein mußte. »Das wird kein Bauer«, sagte man. »Er hätte studieren sollen«, meinten andere. Er war geistesabwesend, vielleicht in der Vergangenheit, denn für alle Ahnen hatte er Interesse, ging sogar in Pfarrhäuser wegen Dokumenten. Vielleicht war er auch in der Zukunft, denn alles Hitlerische verlachte er. Die Hennen und Tauben mochte er lieber als seine Schwestern. (Von ihm habe ich längst erzählt.) Der Pfarrer sagte am offenen Grab des Achtzehnjährigen: »Früh vollendet hat er viele Jahre erreicht.«

Die drei ersten Töchter waren Knecht und Magd. Die eine konnte mit den Rössern ackern, mit der Sense mähen und große Wische Heu wie Garben gabeln. Die andere konnte melken, Kuh- und Schweineställe ausmisten, dazuhin kochen und backen, bald besser als die Mutter. Die dritte machte jeden Morgen alle die vielen Betten, wusch und putzte, auch die Schuhe, und spitzte den jungen Geschwistern die Griffel.

Die drei großen Schwestern sind überflüssig geworden. Über ihnen schwebte das Schwert, selber Dienstbote sein zu müssen. Die erste wie die zweite suchten Stellen in vornehmen Haushalten in Biberach und Ulm. Die Älteste ging in die nächste Stadt als Dienstmädchen in einen Geschäftshaushalt. Es war eine Kohlenhandlung. Bereits nach einem Vierteljahr schimpfte sie daheim: »Da bleibe ich nicht länger. Das ist eine Schinderei.« Die Arbeit bei diesen Leuten kam ihr sinnlos vor. Danach ging sie in eine entferntere Stadt, um einem Haushalt doch etwas abzugewinnen, kam aber wieder. Sie schimpfte: »Die meinen, von einem Bauernmädchen könne alles verlangt werden. Ich heirate!« Sie war noch nicht volljährig, als sie mit dem netten Städter Hochzeit hielt. Sie nahm einen Evangelischen, was für die Familie beinahe ein Unglück war. Bald lobte man ihn einen braven Mann. Er fiel in Stalingrad, und dieses Schicksal hätte ihn auch getroffen, wäre er katholisch gewesen. Sie meisterte ihr Leben mit der Tochter tapfer und trefflich.

Die Zweite suchte sich in der Stadt eine Beamtenfamilie als Arbeitsplatz. Bald brachte sie an ihren freien Nachmittagen deren Kinder mit heim. Diese waren unvorsichtig, gar frech. Das gefiel dem Vater nicht. Bevor etwas passiere, müsse sie die Stellung wechseln! Dort war sie in Kürze mit der Herrschaft befreundet. Sie erzählte abwechselnd von beiden die interessantesten Dinge. Das gefiel der Mutter nicht. Das gehe sie nichts an! Sie solle wieder heimkommen. Zum Glück hat sie in der Stadt einen kennengelernt, der zu heiraten war. Dann konnte sie selber ein Dienstmädchen haben, das alsbald ihre, vielleicht auch ihres Mannes beste Freundin war. Leider ist diese Schwester in jungen Jahren von ihm und den Kindern weggestorben. Deretwegen heiratete Mutters sechste junge Tochter den Mann. Deren Eheleben war dem einer Dienstbotin nicht unähnlich.

Die Dritte mußte jeden Morgen hinüber, um bis zum Abend dem Vetter zu helfen. Haus und Hof waren bei ihm ziemlich groß, und er hatte keine Frau. Er machte sich groß damit, daß er über Nacht kein Weibsbild im Haus dulde. Ich war im siebten Schuljahr, hatte Ferien und Mitleid mit der Schwester. Ich wollte sie ablösen. Für die Zubereitung des Frühstücks gab sie mir genaue Anweisung: Vom Dämpfer hinterm Haus, wo für das Schweinefutter gesorgt war, seien je nach Größe zehn bis fünfzehn gekochte Kartoffeln zu nehmen. Diese schälen, fein schneiden und anbraten! Der Vetter wolle jeden frühen Morgen eine Kachel voll knuspriger Bodenbirnen. Weil ich nebenher den Kaffee machen mußte, ließ ich diese anbrennen. Es stank bis in die Stube, wo er bereits mit dem Löffel in der Hand auf die Schmalzigen wartete. Er kam in die Küche und brüllte: »Du bist gebenedeit unter den Weibern! Morgen soll die andere wieder kommen!« Es war nicht gerade ein Fluch, doch nahe daran, und ich hätte mich nicht gewundert, wenn er richtig geflucht hätte. Obwohl er jeden Sonntag in die Kirche ging und jeden Tag mindestens einmal betete, »Geheiligt werde dein Name«, war er ein meisterlicher Flucher. Wenn ihm ein aufgegabelter Heuwisch wieder vom Wagen fiel, fing er an: »Himmel! Herrgott! Sakrament!« Beim geringsten Mißgeschick hieß es bei ihm: »Jesus Christus Gottessohn.« Wenn ihm die Tabakspfeife, die er stets im Maul hatte, ausging, sagte er, »Herrgottsack!« oder »Heilandzack!« Er fluchte auch, wie man sagt, alle Heiligen vom Himmel. »Verdammter Antonius!« schimpfte er, wenn er den Tabaksbeutel nicht gleich sah, während wir zu diesem Heiligen beteten, um Verlorenes wiederzufinden. Warf er die Kartoffel neben die Kiste, hieß es, »Verfluchter Sankt Sebastian!«, wahrscheinlich weil dieser von Pfeilen getroffen wurde. Einmal rutschte er auf Glatteis aus, hatte sich aber nichts gebrochen. Er lag nur auf dem Hintern. Trotzdem fiel er mit wüsten Worten über den Heiligen Matthias her. Dieser macht bekanntlich und sprichwortgemäß im ausgehenden Winter das Glatteis. Seine Pfeife stopfte er mit dem Daumen der Hand, in der er sie hatte. Traf er mit der Spitze auf eine Glut, legte er los: »Der Heilige Sankt Florian«, zu dem man um Schutz vor Feuersbrunst betete, »ist ein gotteslästerlicher Schwindler.« Stand die Kuh beim Melken nicht still, schrie er: »Vermaledeite Luzia! Der Teufel soll sie holen!« Weder die Kuh noch sonst jemand hatte diesen Namen, so konnte er nur die Heilige meinen, die so ruhig stehen konnte, daß die Lichter auf ihrem Haupt nicht erloschen.

Die Mutter mochte den Vetter nicht. Sie sagte oft: »Dem würde ich helfen!« Weil es aber Vaters Verwandter war, mußten die Kinder, vor allem das dritte Mädchen, ihm jahrelang helfen. Diese kam vom Dienstbotensein nicht mehr los. Später arbeitete sie beim Bruder. Bald kam aber die Zeit, wo Maschinen die Hände ersetzten. Sie suchte sich eine Stelle in einem Kloster. Endlich bekam sie einen rechten Lohn und war gesetzlich versichert. Als sie in Rente war und eine kleine Wohnung hatte, wußte sie nicht, daß man sich selber dienen konnte. Sie verstand es nicht, sich irgendeinen Genuß zu gönnen. Es schien, als diene sie nun der Sparkasse, die ihr Geldchen verwaltete. So blieb für übriggebliebene Schwestern sogar eine Erbschaft von ihrem Dienen. Der Vetter hat nämlich doch noch geheiratet. Als das neue Geld kam, nahm er zwei ältere, vermögende Mädchen von einem entfernten Gehöft ins Haus. Die eine heiratete er, die andere gewöhnte ihm das Fluchen ab.

Die Mutter kämpfte jeden Sommer, man kann sagen lebenslänglich, gegen Stubenfliegen. Diese kamen vom Stall. Sie scheuchte vom Kindbettchen, jagte vom Marmeladeglas, vom Honigbrot, dem Apfelmus. Sie deckte zu, was zuzudecken war. Mit der Hand durfte niemand eine Fliege fangen oder totschlagen, so sehr ekelte sie sich vor diesen. Holte man mit dem Tatscher aus, waren sie weg. Fiel eine überm Herd in die Suppe, aß die Mutter ein paar Tage lang keine mehr. Die wüsten Fliegenfänger, honigähnlich beschmierte Streifen, kaum vom Vater aufgehängt, riß sie wieder weg, weil sie das nicht sehen konnte. »Fliegen mögen den Durchzug nicht«, sagte sie, machte Fenster und Türen auf, daß es oft krachte und klirrte. Sie liebte die Schwalben, die durchs Haus schossen bei der Fliegenjagd. Jeden Spätherbst, wenn der Vater ein bißchen verschnaufen konnte, schrie sie ihn an: »Weißle die Wände!« Er strich auch die Decken im Stall, weil sie mutmaßte, die Verhaßten, samt ihren Eiern seien so vertilgt. Im nächsten Sommer waren sie aber wieder da.

In einem Frühling schneite es überm Gemüsegarten, nur da und nur bei ihnen. Die Flocken flogen nicht nur ab-, sondern auch aufwärts, hin und her. Es waren tausende weißer Schmetterlinge. Man sah ihrem Tanz zu und lachte. »Es wird ihr Hochzeitsfest sein!« Es dauerte eine Weile, bis die Folgen dieses Tanzes sichtbar waren, und niemand lachte mehr. Was gesät und gepflanzt war, wurde zu Gerippen gefressen, die Pflänzchen der Kohlrabi, die des Blumen- und Rosenkohls, die Wirsingsetzlinge, die Salat- und Tomatenpflänzchen, sogar Blumensprößlinge verendeten, sobald sie aus der Erde kamen. Unheimlich viele Räupchen waren hier beim Schmausen. »Jagt die Hennen hinein!« rief die Mutter, obwohl sie sonst schimpfte, wenn eine im Garten scharrte. Hühner fressen gerne eine Raupe, doch von diesen Massen wandten sie sich ab. So mußten die Kinder ablesen. Die Raupen waren ekelhaft hellgrün und weich. Ein süßlicher Geruch lag über dem Garten. Eines der Mädchen, das annähernd so heikel war wie die Mutter, mußte sich erbrechen. War ein Maikäferjahr, schüttelten die Kinder frühmorgens kleine Obstbäume und Äste der großen und lasen die nachtstarren Käfer auf. In den Eimern brachte man sie dem Vater, der die Massen ins Güllenloch schüttete. Die Mutter rief: »Jetzt lauft, daß ihr rechtzeitig in der Schule seid!« In anderen Jahren, an warmen Maiabenden, jagten sie am Hang und freuten sich, wenn sie einen oder gar zwei Maikäfer erwischten.

Von all den acht Mädchen wollte nur eine ihre Haare kurz geschnitten haben. Auf alten Fotos ist zu sehen, wie der Vater dies unsachgemäß und gräulich machte. Alle andern hatten dicke Zöpfe. Drei waren fast schwarzhaarig, dabei die Kurzgeschnittene. Drei hatten gewöhnlich braune Haare, dazu gehörte ich, und zwei waren blond. Bei den einen hingen Zöpfe links und rechts, andere trugen nur einen den Rücken hinunter oder Kronen und Affenschaukeln. Und die Mutter duldete keine Laus! Als ich, um die fünf Jahre alt, es bei Verwandten nach vier Wochen vor Heimweh nicht aushielt, holten sie mich wieder, und ich kratzte mich am Kopf. »Läus!« schrie die Mutter. Sie schickte die Älteste in die Stadt, ein Lausmittel zu kaufen. Der Drogist, der dem Landvolk gegenüber überheblich war, fragte: »Was habt ihr denn für Läuse?« »Kopfläus.« »Wollt ihr diese mästen?« lachte er. Die Schwester las den Preis auf der Flasche. Es war viel mehr, als die Mutter ihr mitgegeben hatte, so lief sie beleidigt davon. Der Herr wird sich geärgert haben, denn sie war ein schönes Mädchen mit glänzenden, schwarzen Haaren. Die meinen machte die Mutter, so oft sie Zeit hatte, klatschnaß und kämmte mit dem Laussträhl, in dem Nissen, rosarote kleine und hellbraune große, hängenblieben. Wenn ich auf diese drückte, tat es einen kleinen Knall. Das gefiel mir. Darum tat es mir leid, als die Mutter nichts mehr fand.

Hinter dem Stadel, wiesenabwärts, war ein kleiner Weiher, der Löschweiher des Dorfes. Es war schön, ihn zu haben. Im Frühling war er von Sumpfdotter- und Schlüsselblumen umrandet, dann blühten dort Narzissen und Schwertlilien. Hohe Schilfgräser wuchsen. Es standen Weidenstorren dort. In einem Spätsommer aber fielen dessentwegen viele Schnaken über die Schläfer her. Ein Nachbarsmädchen überredete mich, mit ihr draußen auf dem vollen Öhmdwagen zu übernachten. Kaum hatten wir uns eingenistet, hörten wir, wie es summte, surrte, zirpte und knackte. Darum wollten wir schleunigst zurück ins Bett. Von der Straße her hörten wir Männerstimmen. Es waren fremde Laute. »Zigeuner«, flüsterte Paula. Wir gruben uns erneut ins Heu. Es stach mich etwas in die rechte Wange. Als wieder Stille war, kletterten wir vom Wagen. Am anderen Morgen, sehr früh, die Mutter war eben mit Melken fertig, machte sich eine Zigeunerin an der Haustür bemerkbar. »Mueder, a bißchen Milch fürs Neugeborene«, bettelte sie und zeigte ein Töpfchen. Es war nicht unverschämt groß. Ich stand dabei, weil ich nicht mehr schlafen konnte. Die Wange schmerzte. Sie war hochrot und geschwollen. Die frühe Bettlerin sah die Backe. »Au wai! Giftige Schnake!« Dann suchte sie hastig in ihrem Rock, der lang, weit und blumig war.

Anscheinend hatte er mehrere Taschen. Aus der dritten brachte sie ein kleines Stückchen, das aussah wie fast verbrauchte Kernseife. »Unschlitt«, meinte die Mutter. Und ich mochte das eklige Dinge nicht annehmen. Nun rieb die Frau ihre eigene Wange, genau beim rechten Auge, da, wo es mir so wehtat. »Es wird Dachsfett sein. Nimm's nur!« meinte die Mutter. Ich mochte mich nicht dafür bedanken, genau so wenig wie die Bettlerin sich für die Milch. Es kühlte wunderbar. Am Abend war es wieder gut.

Am Vortag, am frühen Nachmittag, waren die Zigeunerwagen von der Hauptstraße her ins Dorf gefahren. Seit immer, jeden Sommer, kamen sie. Vor unserem Haus, dem zweitletzten, hielten sie an. Einer der Zigeuner fragte den Vater, ob sie am Waldrand lagern dürfen. Er erlaubte es jedesmal. Etwa fünfhundert Meter fuhren sie an der großen Wiese entlang. Wo der Wald begann, bogen sie in den Weg ein, der mit kurzem Gras bewachsen war. Wo die Äste der Trauftannen wie ein Vordach waren, hielten die Wagen an. Auf dem Weg war eine Brandstelle, die von vorigen Lagerleben zeugte. Hier war es heimelig. Es war im späten Sommer, als sie diesmal kamen. Am Rand des Wiesengrabens, in dem stets ein Wässerchen floß, blühten bereits vereinzelt Herbstzeitlose. Das Öhmd war eingefahren. Die Rößchen der Zigeuner konnten Tag und Nacht auf der Wiese grasen. Manche Leute schlossen über Nacht Ställe und Schuppen zu. Doch noch nie hat bei jemand etwas gefehlt, wenn die Zigeuner lagerten. Ihre Weiber bettelten in der ganzen Umgebung. In die Häuser kamen die Zigeunerinnen nicht, nur an die Türen, so lange sie beim Dorf lagerten höchstens dreimal. Man gab ihnen ein Ei, einen Ranken Brot, einen Löffel Schmalz, ein Stückchen Rauchfleisch, selten ein paar Pfennige. Die Männer beteiligten sich beim Betteln nicht. Sie mußten Brennholz im Wald suchen, Feuer machen, ihre Gäule striegeln, von einem Gartenwasserhahn Eimer voller Wasser holen. Sie saßen am Feuer, und man mochte ihnen nicht nahekommen.

Nach der Freizeit, der langen Vormittagspause, kam ein Zigeuner ins Schulzimmer. Er hatte nicht angeklopft. Den Hut behielt er auf. Ohne etwas zu sagen, gab er dem Lehrer Papiere. Dieser nickte, und gleich kamen fünf Kinder herein. Es konnten nicht alle die seinen sein, denn die beiden großen seien im letzten, die kleinen im ersten Schuljahr. Der Lehrer wies ihnen die letzte leere Bank der Unterklaßreihe an. Die Großen wußten kaum, die Beine unterzubringen. Alle saßen aber zwei Stunden ruhig und schauten den Lehrer an. Am anderen Morgen kamen sie um sieben Uhr zur Schule, obwohl der Lehrer gesagt hatte, für die Kleinen beginne der Unterricht erst um neun Uhr. Jedes trug eine Schiefertafel mit gräulichem Lappen an der Schnur. Der große Bub hatte die Griffelschachtel für alle dabei, das kleine Mädchen eine Fibel, das große das Lesebuch für die oberen Schuljahre. Dieses ließ die Nebensitzer hineinsehen. Sie schrieben daraus Buchstaben ab und störten kein bißchen. Als ein Kleiner den Finger hob, ging das Mädchen mit ihm, denn es hatte gesehen, wo's hinging. Der Lehrer fragte den langen, besonders zerlumpt gekleideten Jungen, wie er heiße. Er zuckte die Achsel. Auch das Mädchen sagte es nicht, schrieb aber auf ihre Tafel *Anna Reinhard*. Ich sah es, weil ich schräg hinter ihr bei den Oberklässlern saß, und dachte: Hätte ich nur einen solch schönen Namen! Während einer Rechenstunde wußte ein Bub nicht, wieviel von 37 bis 50 fehlen. Der Schwarzhaarige streckte den Zeigefinger hoch. Statt die Antwort zu sagen, lief er zur großen Tafel und schrieb mit Kreide die Dreizehn. Die Eins sah aus wie ein flatterndes Fähnlein auf Halbmast, die Drei wie zwei Schneckenhäuser aufeinander. »Na also!« lachte der Lehrer. War Lesen, schlug Anna sofort die richtige Seite auf, las aber nicht laut. Der Lehrer schimpfte: »Euch hat man wohl verboten, den Mund aufzumachen!« Am Samstag standen die fremden Kinder wie bisher während der Freizeit an der Schulhauswand und schauten stumm den anderen zu. Diesen hatte man verboten, mit den Fahrenden Streit anzufangen. Ein Lausbub hielt es nicht mehr aus. »Zigeuner!« schrie er ihnen ins Gesicht. Der Große ballte die Fäuste, um den Kampf zu beginnen, doch Anna hielt ihn zurück. »Du Streithammel«, sagte sie zum Dorfbuben. Darauf riefen die Kleinen: »Rindviecher, Mostdeppen, Sauschwaben!« Jetzt waren die Buben zur Schlägerei bereit. Zum Glück kam der Lehrer auf die Treppe und klatschte in die Hände zum Zeichen, daß die Pause zu Ende sei. Bald darauf kam der Zigeuner. Alle fünf warfen die Griffel wie erlöst in die Schachtel und liefen zu ihm. Das kleine Mädchen umklammerte sein Hosenbein. Der Lehrer gab ihm die Papiere, und Anna sagte, »Vergelt's Gott«, so wie ihre Mutter es sagte für einen Löffel voller Schmalz. An diesem Nachmittag fuhren die drei Wagen wieder durchs Dorf zur Hauptstraße, dem See zu.

Erst im dritten Sommer danach kamen die Zigeuner wieder an den Waldrand, um zu lagern. Es waren nur zwei Wagen, die Pferdchen davor klepperdürr, doch der gleiche Schwarze, nun recht runzelig, fragte um Erlaubnis. Der Vater verweigerte es auch diesmal nicht. Weder die Gute mit dem Dachsfett, noch Anna, die jetzt bei den bettelnden Frauen sein müßte, waren auszumachen. Auch keine Kinder gingen zur Schule. Vors Haus kam erst am Ende der Woche eine Zigeunerin. Sie war alt, hatte aber in einem Ohr einen großen Ring. Also fehlte es nicht an Zuschauern. Sie bat um ein Ei. Zu dieser Jahreszeit, im Spätsommer, waren die Hennen bereits müde und legten bei weitem nicht jeden Tag ein Ei. Gerade an diesem Morgen beobachtete die Bäuerin beim Hühnerfüttern eine Henne, die nur ein paar Körner fraß, gierig trank und schnell zum Heuschober rannte. Sie folgte ihr und fand das Gelege. Ein Dutzend Eier! Eines nach dem andern hielt sie schüttelnd ans Ohr. Wenn sie angebrütet sind, ist das durch leises Poltern drinnen zu hören. Das war bei keinem der Fall. Doch als sie eines aufschlug, zerlief der Dotter. So gab sie der Bettlerin zwei davon. Die Zigeunerin faßte dankbar der Bäuerin Rechte und schaute in deren Handfläche. »Die Mutter wird gesund sein bis ins hohe Alter«, sagte sie. Keines der Dabeistehenden reagierte. Etwas anderes erwartete niemand. Nun war das Gesicht der Alten fast böse. »Kinder verliert sie!« Ein Kind lachte, denn es dachte an Groschen, die man aus dem Sack verliert. Nun murmelte die Zigeunerin: »Krieg wird kommen«, und wandte sich zornig ab. Weil das mit dem Krieg, das die Wahrsagerin sagte, überhaupt nicht zu glauben war, konnte man über die verloren gegangenen Kinder lachen.

Danach sah man im Ort nie mehr einen Zigeunerwagen.

Wir hatten nie eine Mäuseplage. Weder im Haus, wo die Frucht für ein ganzes Jahr oben auf der Schütte lag, wo Rauchfleisch und Würste bis zum Herbstschlachten von Dachbalken hingen, wo Brot in einer Art Schaukel im Keller war, noch draußen in Wiese und Feld. Für draußen gab es den Mauser, der vom Vorfrühling bis zum Herbst Mäuse in Fallen fing. Er tat dies sicher seit seiner Kindheit, denn des kleinen Männchens Gesicht war dem einer Maus ähnlich: spitz, mit kleinen Äuglein. Man konnte weit in die Wiesen sehen. Am noch nebligen Vormittag und schon dämmrigen Nachmittag ging er dort als eine dunkle Gestalt. Er huschte ein Stückchen, dann bückte er sich tief, als wollte er sich in die Erde verkriechen. Weil sich dies wiederholte und wiederholte, war es mir unheimlich. Das Grausen war aber erst richtig, wenn der Mann vor Nacht zu uns kam. Er kam nur in den Hausgang. Dort gab es kein Fenster und keine Lampe, darum ließ man Stuben- wie Küchentür offen, um ihn zu sehen. Er kniete auf den Boden und öffnete seine Tasche. Dies war eine riesige, schwarze, doch grün schillernde zum Umhängen. Ein Büschel kurzer Ruten ragte daraus, und es klirrte darin. Jedesmal überkam mich die gleiche Furcht wie am Nikolausabend. Die Ruten ließ er, doch er holte tote Mäuse aus der Tasche, eine um die andere, und legte sie in der Reihe auf den dunklen Steinfußboden. Seine Beute war unterschiedlich. Ein Erwachsenes ging zu ihm und zählte mit.

Zuvorderst lagen die Maulwürfe, vier bis acht an der Zahl. Außer maustot zu sein, waren ihre Schnauzen blutig. Die Falle muß ihnen unter dem Pelz das Genick gebrochen haben. Dann die roten Wühlmäuse, solche das doppelte an Anzahl! Sie waren allermeist schrecklich zugerichtet, mit Wunden hinterm Kopf, an den Bäuchen und dem Rücken. Ihre langen Schwänze lagen kreuz und quer. Den Schluß der Reihe bildeten kleine, graue Feldmäuschen, die wenigsten an der Zahl. Jetzt war es Zeit für mich, mit dem Weinen zu beginnen. Der Feldmaus gehörte meine Liebe, seit die große Schwester die Geschichte von der Stadtmaus vorgelesen hatte.

Die Mutter bezahlte ihn. Leider weiß ich nicht mehr, was so eine getötete Maus wert war. Die Maulwürfe nahm er mit heim. Er zog ihnen nämlich das Fell ab, das er einem Kürschner verkaufte. So bekam er den Maulwurf zweimal bezahlt. Manche Leute sagten ihm nach, daß er dasselbe Tier den Bauern wiederholt vorlege, was sicher nicht stimmte. Der Mauser war ein frommer Mann. War er aus dem Haus, kehrte jemand die toten Mäuse auf eine Schaufel und warf sie auf den Misthaufen; ein anderes putzte geschwind den Steinboden, der blutverschmiert und voller Erdbrösel war. Ich ging schon einige Jahre zur Schule, als ich dafür keine Angst und keine Tränen mehr aufbrachte.

Wir hatten eine Katze, die im Haus alles, vom Keller bis zum Dach, bei der Schrotmühle und im Getreidestadel, unter Kontrolle hatte. Es war eine langbeinige, schwarzweiße Kätzin. Sie hieß »Alte Katz«, weil sie immer schon da war. Als sie jung war, erzählte die Mutter, habe sie die gefangene Maus ihr lebendig vor die Füße gelegt, mit dieser gespielt, sie zu Tode gequält und vor ihren Augen gefressen. Das habe sie ihr ausgetrieben! Die Mutter verstand es nämlich, anderen Wesen die Unfirm abzugewöhnen. Die Katze legte ihr die Maus also tot zu Füßen, um gelobt und gestreichelt zu werden. Nie sah jemand, wie sie eine Maus fraß. Mutters Kinder mochte die Katze nicht. Kamen sie ihr nahe, fauchte und kratzte sie. Nur ihr drückte sie beim Streicheln den Kopf in die Handfläche oder an den Schuh. Zweimal im Jahr, im Frühling, wenn es noch, im Herbst, wenn es wieder schneite, strich die Katze erbärmlich maunzend um Mutters Beine. »So ist es halt!« wurde sie getröstet, »suche ein Versteck für deine Kinder.« Am nächsten, höchstens übernächsten Tag kam sie mager und mit struppigem Fell, der Mutter den Erfolg vorzumiauen. Diese gab der Alten kuhwarme Milch. Hatte sie eine solche nicht zur Hand, machte die Mutter extra für die Katz ein Feuer im Herd. Nach etlichen Wochen brachte sie ihre Jungen aus dem Versteck. Im Maul, wie die Maus, trug sie eines nach dem anderen, meist waren es fünf, der Mutter vor die Füße. Sie lobte nicht besonders, obwohl die Kätzchen jedesmal reizend waren. Die meisten hatten ein Erbteil mütterlicherseits: Die Mohren weiße Gesichtchen, die grauen Tigergestreiften weiße Schwanzspitzen, die Roten weiße Pfoten. Mutters Kinder hätten diese zu gerne in die Arme und ins Herz geschlossen. Aber sobald die Mutter sah, daß die Kätzchen selber Milch schleckten, sagte sie zum Vater: »Schlag die Katzen tot!« So blieb es bei der einen. Sie muß sehr alt gewesen sein, als der Vater sie erschoß. Es sei ein Versehen gewesen, entschuldigte er sich, er habe eine Taube treffen wollen, doch die Mutter redete tagelang nicht mehr mit ihm.

Einer meiner Brüder, es war der zweite der lebenden, war von allem fasziniert, das fliegen konnte. »Hast wieder zu lange in den Himmel geschaut!« tadelte die Mutter, wenn er wie benommen von draußen kam. Hennen ließ er von hohen Bäumen und dem Bühnenfenster zur Erde flattern. Er konnte sich freuen und lachte, wenn irgendein Käfer von seiner Hand abhob und davonflog. Sah er ein Flugzeug, etwa die Do-X, die Schleifen bis zu uns herauf zog, einen Ballon oder gar den Zeppelin, kam er begeistert angerannt. Sein Bruder bastelte ihm einen Drachen, der lange am Himmel stand. Nach einem Schuhkauf hatte ich die Wahl zwischen einem Luftballon und einem Schokolädchen. Dieses wäre mir lieber gewesen, doch ich dachte an die Freude des Bruders über das rote, davonfliegende Ding. Die Mutter schalt mich gehörig wegen der dummen Wahl. Der Vater zimmerte einen Taubenschlag unters Dach. Jetzt konnte der Bruder stundenlang den Tauben zusehen. Und wo deren Flugkünste derart bewundert wurden, vermehrten sie sich rasch zur großen Schar. Dieser Bruder hat das Ende seiner Tauben nicht erlebt. Seine Seele flog, bevor sie erfuhr, wie erdenschwer der Mensch ist, kurz vor dem Soldatsein, wegen einer Krankheit, die bald danach heilbar war, davon. Kurz bevor er starb, sagte er zu mir: »Daß du am ärgsten weinst, habe ich gewußt. Auch daß ich früh sterben werde.« Wir weinten lange um ihn.

Nachbarn, auch Bauern der nächsten Orte, beschwerten sich über die Taubenschar, die jede frisch gesäte Saat auffresse. Der Vater durfte oft schießen. Da diese Vögel dumm sind, knallte er einen nach dem anderen ab. Die meisten warf man auf den Misthaufen. Doch manchmal brühte die Mutter, rupfte und sengte, zog Kropf wie Gekuttel aus dem nackten Ding und briet es in Butterschmalz. Nach dem Fehlschuß, dem Tod der Katze, flogen dem Vater keine gebratenen Tauben mehr ins Maul.

Der Kuckuck schrie ums Haus vom Mai bis nach Johanni. Die Amseln sangen den ganzen Sommer. Im Winter fütterten wir sie, und zum Dank dafür zerrupften sie die ersten Krokusse, die aus der Erde kamen. Darüber weinte die jüngste Schwester bittere Tränen. Sie war die Gärtnerin. Im sonnigen Streifen der Hauswand entlang, wo die Mutter Kresse gesät und frühen Salat geerntet hatte, tat sie Krokus-, Tulpen und Gladiolenzwiebeln in die Erde, alles Pflanzen, die wir vorher nicht hatten. Den Flox, der nur stinke, riß sie aus, Mutters Dahlienwurzeln ersetzte sie durch eine großblumige Sorte. Ich hatte mit dem Garten nichts im Sinn, aber vorher hat es mir darin besser gefallen.

Die Krähen fütterten wir im Winter ebenfalls, und diese holten zum Dank im Sommer manchmal kleine Kücken. Von der Krähe, die bei solchem Raub von einem Knecht mit einem Luftgewehr getötet wurde, habe ich bereits erzählt. Die Mutter hatte gesagt, diese sei sehr, vielleicht hundert Jahre, alt. Wer alt ist, mag gern allein sein; so saß sie einsam beim Horst auf der hohen Buche am nahen Waldrand. Wer alt ist, braucht wenig Nahrung; so flog sie nicht mehr mit den Artgenossen auf ständige Suche. Wer alt ist, weiß viel; so wußte sie, daß drunten am Weiherrand aus Kaulquappen Frösche werden, daß eine Maus vom Loch entfernt leicht zu schlagen, ein kleines Entlein am Schluß der Schar gut zu holen ist. Damals hoppelten noch Feldhasen durch die Flur. Für die Krähe war es keine Kunst, von oben das Nest auszumachen. War die Häsin unterwegs, strich sie dorthin. Gegen ihren hammerstarken Schnabel war sogar ein größeres Junghäschen ohne Chance. So gefiel ihr das Leben. Ihr fröhliches »Kräh« kündete davon. Alter schützt vor Torheit nicht. Die Krähe ließ sich wohl von einem hitzigen Raben betören, denn als die Bauern mit den Heuwagen fuhren, hatte sie ihr Nest voller hungriger Jungen. Unter den Mäusen, Fröschen und Hasen räumte sie in den Vorjahren zu sehr auf; so ist sie frech geworden und kam in den Hühnerhof. Uns Kinder mit den Stecken fürchtete sie nicht. Das glatzköpfige Knechtlein hielt sie wohl für ein Kind und sein Gewehr für einen Stecken. In gleicher Höhe mit den verhungerten Jungen, auf dem Gipfel des Birnbaums, vermoderte sie.

Wie die Krähe, gehörte auch der Fuchs zu meiner Kindheit. Er hatte seinen Bau nah beim Haus, am Fuß der sandigen Anhöhe. Im Neuschnee wie im frisch ausgescharrten Sand sah man seine Spur. Sie sah aus, als hätte er nur eine Pfote, nicht vier. Die Mutter ging dorthin, um Fegsand zu holen, mit dem sie glänzend machte, was zu glänzen hatte. Den Leuten im Dorf gefiel es, daß der Fuchs so nah bei ihnen lebte. Lästige Maus- und Maulwurfhügel waren auf ihren Wiesen doch seltener als sonstwo. Die Hühner, die um die Häuser scharrten, ließ der Fuchs in Ruhe. Nur die kranke Henne, die niemand totschlagen mochte, war plötzlich verschwunden. Eine Gans, die schwer hinkte und einen Flügel nachschleifte, verschandelte die Gänseschar eines Tages nicht mehr.

Der Vater hat nah des Fuchsbaus gemäht, als er die Sense weglegte und die Kinder holte, die gerade um den Weg waren. »Ganz still sein!« flüsterte er. Aller Erdenwesen Junge sind nett, diese Füchse waren es besonders. Dazu schien die Morgensonne her. Das frischgemähte Gras duftete. Am Eingang der Höhle, im Sand, spielten fünf junge Füchslein miteinander. Sie hüpften, purzelten und bissen sich gegenseitig in die Schwänze. Ein Füchslein trieb es besonders toll. Als es in der Luft einen Purzelbaum schlug, entschlüpfte mir, der gerne Unangepaßtes entfuhr, ein erfreuter Ton. Nachher betonte ich weinend: »Nein, ich habe nicht gelacht!« Wie ein roter Blitz fuhren die Füchslein in die Höhle. Die Morgensonne war weg. Das gemähte Gras stank. Der Vater boxte mich in den Rücken. Ein Bruder schlug mich ins Gesicht. Die beiden Schwestern weinten wie ich. Alle wußten, daß wir so Schönes kaum mehr sehen dürften.

Bald mußte ich mich des Fuchses wegen noch mehr schämen. Dies war, als ich bereits zur Schule ging. Wir saßen beim Abendvesper, draußen war es kalt, doch der Ofen war warm. Es klopfte zaghaft an der Stubentür. Aufs »Herein« kam niemand, und als man öffnete, kam des Jägers Dackelhund herein. Wir kannten ihn, denn wenn er mit seinem Herrn vorbei zum Wald oder von dort zurücklief, sah er aus, als wären Erfolg und Mißerfolg der Jagd auch seine Sache. Jetzt legte er sich unter die Ofenbank. Er legte sich aber nicht nach Hundeart, den Kopf auf die Schnauze, den Schwanz unterm Bauch, sondern er streckte alles von sich. Er winselte leise. Dann sahen wir die Wunde am Hals und die blutverschmierten Haare. »Vom Blutverlust wird er Durst haben«, sagte jemand, und ich lief bereits weinend nach der Katzenschüssel voller Milch. Es muß des Dackels letzte Kraft gewesen sein, mit der er den Topf umstieß. Der Vater schrie mich an: »Milch mag er nicht, Katzengeruch gar nicht, du barmherzige Kuh!« Die zweitjüngste Schwester stellte ihren eigenen Suppenteller voller Wasser an die Schnauze. Nun sah man die Zunge, denn er wollte trinken. Es lief aber ein Zittern durch seinen Körper, dann streckte er sich und war tot. »Hätte man ihm gleich Wasser gegeben«, wußte die Große. »Nach dem Vesper radle ich zum Jäger«, sagte der Bruder, da kam dieser in die Stube. Er hatte nicht angeklopft, so wie sein Hund. »Hat jemand meinen Waldi gesehen? Er wird doch nicht in den Fuchsbau geraten sein!« Aller Augen wiesen unter die Ofenbank. Ich stand noch weinend neben der verschütteten Milch. Der Jäger strich mir übers Haar, und ich war feuerrot.

Es war im Sommer nach der Frühlingskatastrophe, als der Fuchs in einer Nacht zwanzig Hennen samt dem Gockel geraubt hat. Ich hatte vergessen, den Hühnerstall zuzumachen, und der Fuchs hat mir beinahe die Heimat vergällt. Nun, Hermine hat bereits davon erzählt! Trotzdem war ich während der Ferien daheim. Die Mutter schickte mich Bohnen pflücken. »Nimm nur von der vorderen Reihe, die hinteren lasse ich reifen«, rief sie mir nach. Im Gemüsegarten hatten die vielen Bohnenstangen keinen Platz, darum standen sie in Reihen auf dem Feld. Sie aßen nämlich gerne Saure Bohnen, sommers die grünen, winters die dicken, scheckigen Kerne in dunkelbrauner Soße. Vielleicht wollte ich meiner durch mich geschädigten Familie Gutes tun, so nahm ich nur zarte Böhnchen. Bis der Korb voll war, ist es dämmerig geworden. Als ich weggehen wollte, kam der Fuchs von der hinteren Reihe. Ich erschrak so sehr, daß ich nicht wegrennen konnte. Auch er blieb einen Moment stehen. Er war viel größer, als ich gemeint hatte. Kaum jemand bekam ihn nämlich zu Gesicht. Ein Nachbar, der vor Tag zur Arbeit ging, hat ihn gesehen und von seiner Größe gesprochen. Ich sprach zu niemandem von der Begegnung. Alle hätten sie gespottet, denn ich hätte sagen müssen, daß der Fuchs mich von der hinteren Bohnenreihe aus die ganze Zeit beobachtet habe, daß er groß sei wie ein Kalb, daß er mich angegrinst habe, denn sein Maul habe aufwärts gewiesen. Gewiß wisse er, wer ihm die Hühnermahlzeiten, die blutigen wie die fauligen, beschert hat. Sie hätten gesagt, ich lüge, wenn ich erzählt hätte, wie lange wir uns angeschaut und wie gemächlich er, den riesigen, buschigen Schwanz erhoben, zur Höhle gegangen sei.

In einem späteren Jahr hat der Fuchs den Bau verlassen. Es war deutlich zu sehen, wie dies auch einem verlassenen Menschenhaus, mit den vorhanglosen Fenstern oder den schwarzgrauen Gardinen davor und dem Löwenzahn, der sich durch die Steinritzen der Haustreppe zwängt, anzusehen ist. Am Fuchsbau wuchsen die Grasbüschel in den Eingang der Höhle. Die Mutter lachte einmal am Tisch: »Wir putzen jetzt halt mit Ata statt Sand.« Dann sagte sie zu den beiden Söhnen: »Dem Fuchs hat der Anblick eurer vielen weißen Hennen hinter dem hohen Drahtzaun nicht mehr gefallen.« Diese hatten eine Art Hühnerfarm angelegt: Den großen Obstgarten zäunten sie ein, bauten darin ein Hühnerhaus, in dem eine elektrische Heizsonne strahlen konnte. Von einem Kloster ließen sie Hunderte von Eintagsküken schicken. Vom Eiergeld besserten sie die Wirtschaftslage auf. Der Bursche eines bekannten Hotels am See kam jede Woche, Eier zu holen. Außer den bis zehntägigen Eintagsküken war alles häßlich: der flache Hennenschuppen wie der hohe Zaun, der kahlgefressene Grasboden mit den vielen weißen Federn, wenn die Hühner mauserten, und die Säcke voller Fischmehl. Der eine Sohn, der damals lebte, sagte: »Dem Fuchs wird es zu laut geworden sein!« Er war ein Liebhaber der Stille, damit er den Schrei eines Raubvogels hörte, der hoch über ihm Kreise zog. Die fünfte Tochter (ich war die vierte), die bald bei allen Arbeiten mithalf, zählte auf, was bei ihnen alles laut geworden sei: »Der Lastkarren des Käsers am Morgen, die Mähmaschine, der Heuwender, die Reishack- und die Dreschmaschine, jetzt der Vetter mit seinem Traktor.« Diese Schwester ersetzte etwas später den Vater und die beiden Brüder. Ich, mit meinen Anwandlungen, beendete jenes Gespräch: »Der Fuchs ist bestimmt in den stillen Wald gezogen.«

Auf unserer Anhöhe hatten sich Flaksoldaten mit einem Horchgerät niedergelassen. Wieder einmal in den Sommerferien daheim, verliebte ich mich in einen der Soldaten. Diese kamen in den dienstfreien Stunden – wo sollten sie auch hingehen – in die umliegenden Höfe, vor allem dahin, wo Mädchen waren. Es war das erste Mal, daß mir das geschah, das mit der Liebe. Darum packte sie mich heftig. Dauernd schaute ich den Weg hinauf, ob er komme. Er war ein lustiger, rotblonder Kerl. Die Mutter schaute mich böse an. Der kleine Unteroffizier kam wirklich, sobald er keinen Dienst hatte, herunter in unsere Stube oder hinters Haus auf die Holzbeige. Er erzählte, der liebste aller Kuchen sei ihm die Linzertorte. Seine Mutter mache sie besonders fein. Darum bin ich anderntags in den Wald gegangen, Himbeeren zu suchen. Waldhimbeeren sind süßer und haben ein besseres Aroma als die vom Garten. Den Platz, an dem wir Schwestern zusammen Beeren gesucht haben, gab es nicht mehr. Hohe Büsche und kleine Tannen wuchsen jetzt hier. So mußte ich tiefer in den Wald. Ich kam zu einem kleinen, abgeholzten Waldstück, das von Buschwerk eingefaßt war. Die Sonne stach heiß hierher, kein Lüftchen regte sich, es war unheimlich still. Und es roch direkt nach Himbeeren. Bald sah ich diese. Sicher hat noch kein Mensch diesen Platz entdeckt! Ich ärgerte mich, weil ich keine größere Kanne mitgenommen hatte, und drückte die Beeren zusammen. Dabei dachte ich, daß sie auf der Linzertorte ja auch als Brei seien. Im Nu war das Gefäß wieder voll. Plötzlich raschelte es in der Nähe. Ich sah den Roten im Gesträuch verschwinden und sah gleichzeitig, wie nahe ich seiner Höhle war. Die Spur im frisch ausgescharrten Sand! Mein Schreck war so, wie damals bei den Bohnenstangen, zuerst wie gelähmt, rannte ich dann, als verfolge er mich.

Zur Mutter sagte ich aufgeregt: »Ich habe den Fuchs und seine Höhle gesehen!« Sie, die wohl wußte, was ich im Kopf hatte, sagte kurz angebunden: »Du wirst nicht meinen, es gäbe nur den einen!« Die Liebesmühe mit der

Linzertorte war vergeblich, ähnlich vergeblich wie der Dienst der Flaksoldaten. Die nahe Stadt wurde immer wieder aus feindlichen Flugzeugen bombardiert, schließlich fast ganz zerstört. Von der Linzertorte hat der Soldat große Stücke gegessen, doch dann ging er in ein anderes Haus, wo junge Mädchen waren. Entweder war die Torte nicht so gut wie die seiner Mutter oder viel besser, vielleicht einfach zu viel.

Der Mutter Rede beherzigte ich leider nicht. Einigemale meinte ich, es gebe nur den Einen. Erst als ich den Richtigen fürs Leben fand, sah ich, daß es auch andere gab.

Vom Fuchs habe ich nichts mehr gehört, oder wenn, dann war sein Ansehen belastet wegen Tollwut und Fuchsbandwurm. Auch gesehen habe ich ihn seit jenem heißen Himbeertag nicht mehr. Ich sollte aber bei der Wahrheit bleiben! Im Fernsehen sah ich einen kleinen, räudigen Fuchs, wie er hungrig in einer Vorstadtstraße um Abfalleimer schlich. Mit Meister Reineke, der durch meine Kindheit spukte, hatte dieser nichts gemein.

Der Beruf

»Wirr ebbes!« so im Dialekt gesprochen war die Aufforderung, später der Befehl, was ich von klein an zu hören bekam. Ich hatte ein halbes Dutzend Schwestern, doch so dringend wie anhaltend sagte man es zu keiner von ihnen. Es war abzusehen, daß diese große, schöne Frauen werden. Nur eben bei mir war solches zweifelhaft. In jedem Alter war ich etwas zu klein, ein bißchen vierschrötig. Weder war ich schwarzhaarig noch blond wie manche andere Schwester, sondern mit ganz gewöhnlich braunen Haaren. Als ich dann in der Schule ordentlich lernte, kamen Eltern, größere Geschwister, Verwandte, sogar Nachbarn zur verstiegenen Ansicht, daß ich etwas zu werden habe.

Nun waren aber in jener Gegend und zu jener Zeit die Ansprüche hoch an die, die etwas wurden. War ein Bauer auf seinem Hof ein reicher Mann, sagte man nicht, er sei etwas geworden, nur eben, er sei tüchtig. Waren zweite und weitere Söhne lebenslang fleißige Knechte, andere bei der Bahn, Post oder einer Bank beschäftigt, sind sie nichts geworden. Auch für die vielen Bauernsöhne, die

Soldaten, die in den beiden Kriegen den Heldentod starben, galt dies. Von den tüchtigsten Bäuerinnen meinte man, der Erfolg liege am Haus. Wurde ein Bauernmädchen eine wohlhabende Städterin, sagte man von ihr: »Die hat Glück gehabt!« Alle ledigen Tanten auf den Höfen, waren sie noch so fleißig, fromm, gutmütig oder herrschsüchtig, waren doch weit davon entfernt, etwas geworden zu sein. Auch die vielen Klosterschwestern, die vom Land stammten, arbeiteten und beteten, ohne diesen Ruhm zu erlangen.

Als etwas geworden galten die Bauernjungen, die in der Stadt einen hervorragenden Posten hatten, natürlich Lehrer, selten Ärzte, vor allem Priester. Auf dem Weg dorthin gab es Schwierigkeiten, wie ein armes Elternhaus, viele Geschwister und einen weiten Schulweg. Es sei denn, einer hatte einen Förderer, besondere Begabungen wie den unbändigen Willen, höher zu kommen. Für Mädchen war solches und ähnliches ganz ausgeschlossen. Ich, die solcherart Aufgeforderte, hatte zum Glück Vorbilder. Zwei Schwestern des Vaters waren Nonnen in einem Missionsorden. Wenn von diesen Tanten Briefe kamen, von den Philippineninseln oder Brasilien, war es ein Fest für die Familie. Also, eine Klosterschwester wollte oder sollte ich werden. Das war entschieden, als ich etwa acht Jahre alt war. An den Anlaß erinnere ich mich nicht mehr, als die Zweitälteste am Mittagstisch sagte: »Sie soll ins Kloster gehen. Die bekommt doch keinen Mann.« Es stimmte mich traurig, denn keinen Mann zu bekommen, war damals für ein Mädchen einem Todesurteil ähnlich. Der Gedanke Klosterschwester zu werden, machte mich aber bald froh. Ich war im fünften Schuljahr, betete immer noch gerne und ging, im Gegensatz zu den Geschwistern, öfters in die Kirche als ich mußte. Am liebsten war mir, wenn Rosenkranz gebetet wurde. Die vielen Wiederholungen und das Abwechseln von Männern und Frauen oder hüben und drüben kam mir vor, als werde ich gewiegt, geschaukelt, fahre in einem Schifflein Wellen auf Wellen ab. Der etwas ältere Bruder muß bei diesem Gebet ebenfalls seine Empfindungen gehabt haben, denn er drehte die Daumen seiner gefalteten Hände auswärts, wenn die Männer dran waren, bei den Weibern nach innen. Starb in einem Haus jemand, so betete man an drei Abenden in der Kammer des Toten den Schmerzhaften, bei dem Blut geschwitzt und unter dem Kreuz gefallen wird, was mir seltsamerweise gefiel. Die biblischen Geschichten las ich, sobald ich nur ein bißchen lesen konnte, mit Begeisterung. Die Schulkameraden schrien mir »Pharisäerin« nach, weil ich im Religionsunterricht eine gewisse Sorte Priester zu Jesu Zeiten zu nennen wußte. Die Zweideutigkeit des Spottes war mir bewußt, trotzdem hörte ich es gerne, und beim Pfarrer war ich gut dran.

»Ich gehe nach Afrika«, schwärmte ich, denn zu den Negerkindern hatten wir einen Bezug, weil wir ab und zu ein paar Pfennige für sie opfern durften. Zudem war ein Onkel des Vaters dort als Pfarrer gewesen. Jetzt war er nur noch Hausgeistlicher in der Anstalt der Verrückten. Er war ein riesiger, klepperdürrer Alter. Wenn er zu uns kam, mußten wir auf den Stubenboden knien, damit er uns segne. Die Buben wie die jüngere Schwester konnten manchmal vorher davonlaufen. Ich meinte wohl, der Segen könne mir nicht schaden. Die meiste Zeit war ich aber begeistert von mir. Selbst der Vater schaute nicht mehr so grimmig, wenn er mich sah. Nur eben die Mutter! »Mir wäre lieber, du würdest nicht mehr lügen, statt so viel zu beten«, sagte sie zu mir. Man hatte mich ein paarmal beim Lügen erwischt. Dummerweise wurde ich auch rot, wenn es bei einem Geschwister passierte. Es waren fast zwei Jahre, in denen die Mutter mein Nonnewerden zweifelhaft mit ansah. Sie sprach aber kaum einmal darüber.

Als ich im zweitletzten Schuljahr war, begann die Zeit des Dritten Reichs. Der Lehrer konnte gut und begeistert über dieses reden. Ich fing bald an, die Heldensagen zu lesen und dachte, in ihnen seien viel bessere Dinge beschrieben als in den Bibelgeschichten. Der Vater wie die Mutter fanden den neuen Zustand nicht übel. Sie sagten sogar: »Da müßt ihr mitmachen!« Die Buben gehörten zum Jungvolk, ich zu den Jungmädeln. Die drei älteren Mädchen wollten von den Organisationen nichts wissen. Sie hatten anderes im Kopf. Kaum war ich aus der Schule, war ich eine JM-Schaftführerin. Wer mich damals dazu berufen oder bestimmt hat, weiß ich nicht. Ich bekam auch nie Anweisungen darüber, was dieses Amt forderte. Wahrscheinlich wählte jemand mich aus, weil ich gerne erzählte und bastelte. Nicht alle zehn- bis fünfzehnjährigen Mädchen unserer Teilgemeinde waren dabei. So machte ich mit acht oder zehn den Dienst. Er fand am Samstagvormittag statt, dem schulfreien Staatsjugendtag. Wir strolchten durch die Wälder, fuhren im Winter Schlitten, machten Ballspiele, auch Reigen. War es draußen zu wüst, hatten wir neben einer Kegelbahn ein kleines Räumchen, worin wir mit den Jungvolkbuben Laubsägearbeiten machten. Ich erzählte mal ein Märchen. Wir sangen auch, was ich selbst am wenigsten konnte. Natürlich hatten alle dabei die Uniform an. Ich mußte auch darauf achten, daß bei größeren Veranstaltungen und Aufmärschen niemand fehlte. Meine Hauptaufgabe war, die Beiträge der Organisation, auch SA und Partei, in den Häusern einzuziehen und sonstwie gesammeltes Geld im großen Dorf abzuliefern. Es war eine Bettlerei, viel schlimmer als die für die Missionen. Nach zwei Jahren etwa war ich des Amtes entronnen, und nach zwanzig Jahren etwa wurde ich amtlich entnazifiziert.

Diese Monate waren für mich, als stecke ich in einer Zwickmühle. Der Gedanke wie der Vorsatz, eine Nonne zu werden, paßten nicht in die Zeit. In der Familie ging die Frömmigkeit wie schleichend nicht gerade verloren, doch sie wurde geringer. Wenn die frommen Briefe der Klostertanten kamen, war es kein solches Fest mehr wie vordem. Der Pfarrer schaute weg, wenn ich ihn grüßen wollte. Die Mutter wollte nicht gefragt werden. Es gab aber den Bürgermeister, und dieser wußte mir einen Rat. Er war nur so viel Nazi, wie es sein Amt erforderte. Schon seit etlichen Jahren kam er in unser Haus. Für kurze Zeit hatte er den Vater in den Gemeinderat geholt. Er sagte zu mir: »Es gibt für Frauen jetzt einen Beruf, in dem sie das machen, was bisher den Klosterschwestern vorbehalten war.« Ich wußte: Kranke pflegen, Handarbeiten lehren, Kindergärten leiten. Er lachte: »Bei den neuen Schwestern steht NS davor, und das paßt dir ja!« Nein, das gefalle mir nicht, doch so eine Schwester müsse ich ja nun werden. Bald gab der Bürgermeister der Mutter die Adresse einer betreffenden Schule, und sie schrieb dorthin. Daß der Ort Heidenheim hieß, gefiel mir nun. Es kam mir wie ein Fingerzeig vor, denn zu den Heiden gehörte ich jetzt. Bald kam die Antwort, daß ich achtzehn Jahre alt sein müsse, um in die Schwesternschule aufgenommen zu werden. Das war ich noch lange nicht.

So durfte ich vorerst in die Stadt in die Frauenarbeitsschule radeln. Dort lernte man nur nähen, wobei ich mich nicht ungeschickt anstellte. In der freien Zeit machte ich Schürzen, Nacht- und Bubenhemden. Im zweiten Jahre, als Kleidernähen anstand, nähte ich daheim der Zweitältesten ein Kleid. Es war ein leinenartiger, dunkelbrauner Stoff, auf den ich am Halsausschnitt und den Ärmelbündchen eine Borte stickte nach eigener Phantasie. Diese Schwester war eine der schönen und blondesten. Alle lobten das Kleid. »Weißt du was? Werde Näherin! Davon haben alle etwas.« Von diesen Berufsaussichten war ich nicht sonderlich begeistert. Als aber die Mutter meinte, ihr würde dies auch gefallen, sagte ich: »Dann laufe ich eben in der Gegend herum!« Deswegen verlachten sie mich lange. Ich meinte damit, als Störnäherin müsse ich in der Umgebung von Haus zu Haus gehen. Man suchte für mich eine Lehrstelle. Die Näherinnen im Umkreis waren ältere Damen, die keine Lehrmädchen wollten. Endlich fand unsere Zweitälteste, die bei der Suche eifrig war, eine elegante Person in der Stadt, die bereit war. Ich war glücklich darüber und tat dies einem Nachbarsmädchen kund. Deren Mutter war aber eine Wächterin der Tugend im Dorf. Sie kam und warnte, diese Frau führe einen lockeren Lebenswandel. Die Mutter hätte mich trotzdem zur Stadt radeln lassen, doch der Vater wollte zeigen, wie streng er war, darum suchten sie weiter, und wieder griff ein Höheres in meinen Lauf ein.

Von jener Schwesternschule kam ein Schreiben: Die Bewerberin müsse vorher dies und dies Lager absolviert haben. Nun fuhr ich also dorthin, nach Sachsen-Anhalt, und nachher begriff ich nicht, warum man meinte, gehorchen zu müssen. Dort gab es nichts zu lernen. In einer Mädchenhorde hatte ich auf einem großen Gut, zu dem eine Zuckerfabrik gehörte, nur häßliche Arbeit zu verrichten, wie Komposthaufen umschaufeln, Rüben hacken und dann köpfen, Roggen bündeln und Mieten auf den Feldern graben. Mußten wir in der Fabrik arbeiten, war mir vom süßen Sirupgeruch übel. Die meisten Mädchen gingen an den Sonntagen zum Schützenfest in Ortschaften und Städtchen, deren Namen auf »leben« endeten. Das lockte mich nicht, dafür hatte ich viel zu sehr Heimweh. Der Gutsbesitzer und sein Sohn waren große Herren, dazu Obernazis. Die Leute grüßten diese weit im Straßenrand mit erhobener Hand, dem deutschen Gruß. Dabei machten sie eine Verbeugung. Das sah lächerlich aus. Als ich endlich heimkam, war ich immer noch nicht achtzehn.

Was sich an Näharbeiten angesammelt, hätte für Monate gereicht. Das Schicksal wollte es anders. Der Lehrer, zu dem wir alle zur Schule gegangen waren, kam mit einem Schreiben zu uns. Er sprach vom Lehrermangel: »Die Burschen, die höhere Schulen besucht haben, wollen heutzutage Offiziere werden.« Das sei ein aussichtsreicher Beruf. Und die Mädchen seien darauf erpicht, möglichst bald Mütter zu sein. Unser Volk müsse stark werden. So etwa redete der Lehrer und fuhr fort: »Von Staats wegen sucht man also geeignete Volksschüler zur

Lehrerausbildung.« Plötzlich wandte er sich direkt an mich: »Mache die Aufnahmeprüfung!«

Ich hatte einen guten Tag. Neben einfachen Rechenaufgaben war der Inhalt eines Waschkessels auszurechnen. Raumlehre hieß das Fach bei uns. Ich hatte es gern. Beim ersten Prüfungsgespräch mußte ich über den Staatsjugendtag reden. Dabei verkniff ich mir das Lachen, denn ich wußte, was sie hören wollten. Von ein paar Ministern wollten sie Namen und Aufgaben wissen, und ich wunderte mich, wie raffiniert ich war. Der Allgemeinbildung wegen ging es drei Stunden später wieder mündlich weiter. Mutter sei Dank! Einige Gedichte und wer sie gemacht hat, konnte ich sagen. Wer Hermann Löns sei? »Ein Bauerndichter«, wußte ich prompt. Die Kommission lachte. Wie am Schnürchen nannte ich europäische Länder mit ihren Hauptstädten. Mit den kleinen Geschwistern spielte ich nämlich Stadt-Land-Fluß. Danach fragte man nach den deutschen Kolonien in Afrika. Von diesen wußte ich rein gar nichts, allein, daß man sie nicht mehr hat. Politisch fanden die Prüfer sonst alles in Ordnung: Ich selber war vor Jahren Führerin, der Vater in der Partei, der große Bruder bei der Wehrmacht. Bei der Prüfung im Praktischen hoffte ich auf eine Handarbeit. Man führte uns Prüflinge aber in eine riesige Schulküche. Auf jedem Arbeitstisch lag ein faustgroßes Stück Teig, das zu rundem, dünnem Nudelfladen ausgerollt werden sollte. Das war nun nicht meine Sache. Ältere und jüngere

Schwestern halfen der Mutter beim Kochen. Zudem hatte die Mutter seit je eine Nudelmaschine. Wie sollte sie die vielen Mäuler mit selbst ausgewellten Nudeln stopfen? Die Auswellerin neben mir hatte bald einen großen, kreisrunden Fladen. Eine Frau der Prüfungskommission hielt ein Zeitungsblatt darunter. Die Überschrift war zu lesen. Mich dagegen, mit meinem dicken, unförmigen Kuchen, schaute sie verächtlich an. Ein Herr lachte. »Die Form des Erdteils Afrika kennt sie anscheinend.« Bedrückt fuhr ich heim. Dabei rechnete ich, wieviele Monate es noch sind, bis ich achtzehn bin.

Zur großen Überraschung aller in der Familie kam bald die Nachricht, daß ich zur Ausbildung einer Hauswirtschaftslehrerin angenommen sei. Ein eineinhalbjähriger Kurs wird die Schülerinnen etwa auf den Stand der Mittleren Reife bringen, zweieinhalb Jahre zur Befähigung des Lehramtes. »Es wird einen Haufen Geld kosten«, jammerten manche. Der Vater bekam jedoch ein Formular auszufüllen, in dem er seine Finanzverhältnisse darzulegen hatte. Diese waren nicht großartig. Und wieviele Kinder er habe. Das war um so großartiger. Die Mutter schlug vor, zu mir jetzt den richtigen Namen zu sagen. Anscheinend brachte sie's selber nicht fertig, denn als ich in den ersten Ferien kam, und noch lange Zeit danach, hieß ich wie von Anfang an.

Es tat sich eine neue, schöne Welt für mich auf. Nicht nur die Fächer Deutsch, Biologie, Geschichte begeisterten mich, auch die Lehrerinnen, die solchen Unterricht gaben. In einige war ich geradezu verliebt. In der großen Internatsschule herrschte trotz Nazitum und trotz aller Ordnung ein guter Geist. Die Direktorin war eine gescheite, gerechte Person, die alle Leute gern gut leben ließ. Es war keine fanatische Nazifrau, doch lud sie gerne politisch führende Männer ein. Zu den verschiedensten Anlässen, sei es Erster Advent oder Führers Geburtstag, durften wir Schülerinnen Pasteten machen und servieren, dazu Theater- und Gymnastikaufführungen bieten. Das allerbeste war die Gemeinschaft mit den Klassenkameradinnen. Ich kann es nicht anders als Liebe nennen, die ich empfand für diese und jene, denn Eifersucht gehörte dazu. Die meisten Mädchen kamen aus den umliegenden Städten wie Tübingen, Ebingen, Münsingen. Für sie war klar, daß sie an den Wochenenden nach Hause fuhren. Den Oberländern und den Schwarzwäldern zuliebe vergaßen sie, sich abzumelden. So bekamen diese am Samstagabend vier Butterbrezeln statt zwei und am Sonntag große Portionen. In Massen ist man gefräßig.

Im Biologieunterricht bekamen wir die Aufgabe, eine Pflanzensammlung anzulegen. Ich wählte »Blumen der Wiese und des Wegrandes«. Während der einsamen Wochenenden fand ich Zeit, um zu suchen, pressen und beschriften. So wurde meine Arbeit als die umfangreichste sogar in anderen Kursen gezeigt. Plötzlich war die Mappe weg. Ich weinte und trauerte wegen der verlorenen Stunden. Später lachte ich darüber. Die Korb- und andere Blütler wären zu Staub verfallen, doch ich erkannte sie draußen und wußte deren Namen. Vor allem behielt ich die bunten Wiesen, wie sie in überdüngten Böden nicht mehr zu sehen sind, im Gedächtnis. Auch die weißkalkigen Wege der schönen Gegend zogen mich immer wieder nach dort.

Der Krieg dauerte, und je mehr Wochen er dauerte, desto nervöser wurde die Direktorin. Anfangs hatte sie nämlich von einem Blitzkrieg gesprochen. Sie führte eine Wanderschar auf der Schwäbischen Alb. Der schmale Weg lief einem meterhohen Gitterzaun entlang. Plötzlich sahen wir drinnen eine Menschengruppe. Sie gingen zu zweit oder im Gänsemarsch. Je näher sie kamen, desto mehr sah man, daß bei ihnen wohl nicht alles stimmte. Ein Mann ging gebückt, den Kopf nah dem Boden, eine Frau blieb stehen und zeigte auf uns, ein junger Bursche lachte wiehernd. Ich sagte: »Es ist grausam und entsetzlich, was sie machen!« Die Mia, wie man die Direktorin hieß, schrie mich an: »Ich könnte Sie aus der Schule werfen!« Das tat sie gottlob nicht. Sie ahnte sicher, was da, wo Irrenanstalten waren, also auch in meiner Heimat, gewußt und geredet wurde. Der Wanderweg mündete zum Glück in eine Straße, die vom großen Gebäude wegführte. Wir gingen vom Sportplatz heim, verschwitzt, zerzaust, in Turnleibchen und kurzen Hosen. Ein Lastwagen voller Soldaten überholte uns. Sie schrien und winkten, und wir winkten zurück. Da stauchte sie uns zusammen: »Sie müssen mit ihren Reizen geizen!« Die Verdunklung des Riesenhauses machte Probleme. Sobald es Nacht war, strich die Direktorin ums Gebäude. »Verdunklung!« schrie sie, sobald sie einen Schimmer sah. Die Gäste steckten in Uniformen, und aus war's mit den Pasteten. Sie ist dann ihres hohen Amtes wegen nach Kriegsende gehörig bestraft worden.

Von der Ausbildungszeit schenkte man uns, des großen Lehrermangels wegen, ein halbes Jahr. Gerade diese sechs Monate hätte ich gebraucht, um das Lehren zu lernen. Zur Prüfung mußte jede Schülerin geschwind zwei Lehrproben halten. »Entstehung und Verwendung des Alkohols« mußte ich vierzehnjährigen Mädchen plausibel machen. Diese langweilten sich sehr. Die Prüfer waren unzufrieden. Ohne Spannung sei die Unterrichtsstunde gewesen. Nachher dachte ich: Statt von Zucker, Gärung und Prozenten zu reden, hätte ich besser vom Bruder erzählt, der wegen einer Wunde, die zu spät oder gar nicht desinfiziert wurde, mit neun Jahren hat sterben müssen. Vielleicht vom Vater, der, wenn er ein Glas Wein zu viel, schlimmer noch, eines zu wenig hatte, so sehr rappelte, daß er zu fürchten war. Die zweite Lehrprobe bestand darin, daß ich im Handarbeitsunterricht Sechstklässlern die »Gitterstopfe« lehren sollte. Auch dabei fielen die Kinder vor Langeweile beinahe von den

Stühlen. Nun, ich stopfte gerne und konnte es. Daheim war ich dafür bekannt. Der Zweitältesten bestes Kleid hatte vorn bei den Knöpfen ein Loch, groß wie ein Markstück. Wahrscheinlich war da ein Speiserest, und weil das Kleid auf einem Stuhl lag, die Alte Katz nicht mehr lebte, hatte eine Maus daran genagt. Ich hatte Fäden aus dem Saum gezogen und gestopft, daß einer, der nichts von der Maus wußte, nicht sah, daß geflickt war. Hoffentlich haben die Prüfer gedacht: Sie wird es noch lernen. Ausreichend war die Note in Lehrfähigkeit, und das war gut gemeint.

Ein paar Wochen mußte man noch in einem Säuglingsheim verbringen, denn an manchen Schulen war Säuglingspflege zu lehren. Hier wußte ich, daß ich den Beruf verfehlt hatte oder besser gewartet hätte, bis ich achtzehn war. Die kleinen Kinder lachten, sobald sie mich sahen.

Immerhin hatte ich die Erste Dienstprüfung bestanden. Die Mutter war besonders erfreut darüber. Sie wollte, daß ich nun Maria heiße. An der Wand beim Tisch hängten sie das Bild der Klostertante ab und hängten ein Foto Marias auf. Ich selber hatte aber die größten Zweifel, daß ich nun etwas geworden sei. »Mir ist nur wichtig, bald eigenes Geld in den Fingern zu haben«, sagte ich zur Mutter. Sie meinte, sie hätten mir ruhig etwas mehr Taschengeld geben können. »Ja, kaum einmal konnte ich mit ins Kino gehen!« »Währenddessen sind Vaters

Schulden mit der Ausbildungsbeihilfe, die er für dich bekam, auf der Darlehenskasse gehörig geschrumpft.«

Das erste Jahr meiner Anstellung war eine Kette von Katastrophen. Es war eine Schule der Vorstadt einer großen Stadt drunten im Unterland, also weit weg von daheim. Ich war Vertreterin einer erkrankten Fachlehrerin. Diese war jedoch so gesund, daß sie vorgeben konnte, was und wie ich zu lehren hatte. Sie kontrollierte und kritisierte. »Als Lehrerin müßten Sie das aber wissen!« war ihr meist gesprochener Satz. Bei einer Bekannten hatte sie mir ein Zimmer besorgt. Darin standen neben einem Kleiderkasten ein Bett, ein Stuhl und ein kleiner Kachelofen. Weil es dem Sommer zuging, benutzte ich diesen als Tisch. Die Hausfrau entdeckte bald an einer Kachel eine Beschädigung. »Zitronensaftspritzer!« schrie sie, und ich sollte den Ofen ersetzen. Ich legte meine Zahlungsfähigkeit dar. Der Hausherr mischte sich ein. Es komme ja der Sommer, man solle bis zum Winter warten. Er war Eisenbahner, daher Beschädigungen eher gewohnt. Dem Zimmer passierte nichts mehr. Größeren Schülerinnen hatte ich Kochen zu lehren. Das war zu dieser Kriegszeit eine kärgliche Sache. Bei den meisten Gerichten sei langes, heftiges Schlagen wie Rühren die Hauptsache, rühmte ich. »Damit die Vitamine kaputt sind«, lachte und tadelte die Lehrerin, die ich vertrat. Beim Verspeisen, was wir gekocht hatten, war diese nicht mehr da. Ein Mädchen sagte nämlich, so guten Kartoffelbrei habe es noch nie gegessen. Im Sportunterricht, der gut die Hälfte der Zeit in der Zweiunddreißigstundenwoche ausfüllte, waren solche Erfolge nicht wahrzunehmen. Kaum tat ich nämlich dort Dienst, streikte meine Armbanduhr. Bei der Reparatur ist sie durch einen Einbruch abhanden gekommen. Sie war das Geschenk der Firmpatin und hatte seit jenen fernen Tagen bis hierher getickt. Verzweifelt sparte ich für eine neue, denn weder in der Turnhalle noch auf dem Sportplatz hörte man das Schellen zum Ende der Stunde. So mußte ich ein Kind um die Ecke schicken, auf dem Kirchturm zu schauen, wie lange diese noch dauert. Seither weiß ich, wie lang zehn Minuten sein können. Ja, einem halben Dutzend Dickerchen hatte ich Schwimmen beigebracht. Es war ein heißer Sommer. Die große Stadt hatte ein Freibad. Dorthin trottete ich während zusammengelegter Stunden. Es waren fünf Kilometer Wegs. An einem schwülen Vormittag befahl ich im Bad gehöriges Abkühlen, vergaß es jedoch für mich selber. Ich wollte zeigen, was ein Startsprung ist. Die Kinder lachten. Sie meinten, ich zeige rechtes Zappeln. Der Bademeister hat mir das Leben gerettet. Damals meinte ich, es wäre schade darum gewesen. Später dachte ich darüber manchmal anders. Weil ich im Zimmer keinen Tisch hatte, mußte ich mich in Schulräumen auf den Unterricht vorbereiten. Dadurch kam ich mit den Frauen, die putzten, ins Gespräch. Einer von ihnen erzählte ich dummerweise, daß ich von einem Bauernhof stamme. Sie bittelte und bettelte, ihr Töchterchen, ein mageres (von solchen sie noch drei habe) mit in die Ferien zu nehmen, damit es endlich genug Butterbrot essen könne. Das Kind aß aber kaum. Es weinte vor lauter Heimweh. Es machte das Bett naß. Es legte den Löffel halbvoll auf den Tisch. Der Vater wie einige Geschwister sahen mich böse an.

Die große Stadt war nah, so war in der Vorstadt nichts los. An diesem Ort befand sich ein Altersheim für Juden. Anfangs sah ich die Herrschaften, meist Ehepaare, gebückte Gestalten, den großen gelben Judenstern auf der Brust. Dann sah man sie auf einmal nicht mehr, niemand sprach darüber, und manche werden die traurigen Gesichter der alten Menschen nie vergessen haben.

Im Gasthof, in dem ich zu Mittag aß, saß am Nebentisch ein Russe. Seine Gesichtshaut glich einem Ackerfeld. Die Wirtin wußte, er sei Ingenieur. Allmählich lachte er mir zu und sagte ein paar russische Worte. Wahrscheinlich wünschte er einen guten Appetit, und das wünschte ich ihm auch. Der Wirtin gefiel dieser Gedankenaustausch nicht. Sie sagte, der Russe sei ein Spion, daher deckte sie mir in einer anderen Ecke. Leider war es das einzige Gasthaus am Ort. Der Russe war sowieso wieder verschwunden. Der Winter begann grimmig. Die Turnhalle war nicht beheizt, so fror ich nach der vierten Sportstunde gehörig. Darum ging ich aufs Rathaus um einen Bezugsschein für einen warmen Anzug. Schließlich hatte ich ihn, doch nicht lange, denn nach einer Mittagspause war er weg. Es war dann wieder Frühling, als der Bescheid kam, der Schulrat werde in der und der Stunde meinem Sportunterricht beiwohnen. Es lief recht gut. Die Kinder machten begeistert mit. Das war wohl die Gewohnheit des netten Mannes: Während er sagte, er sei zufrieden, legte er seine Rechte in meinen Nacken. Nun hatte ich in Erwartung des hohen Besuchs Dauerwellen machen lassen. Es war brennend nötig und damals eine brennende Angelegenheit. Hinter beiden Ohren am Haaransatz waren Brandblasen. Wegen meines Zurückweichens und des Wehschreis verließ der Herr die Turnhalle ohne Gruß. Bald darauf bekam ich den blauen Brief, in dem die Versetzung angezeigt war. Die Lehrerin, die ich vertreten hatte, ärgerte sich. Sie verlangte, daß ich den Frisör anzeige, doch ich fuhr lieber von diesem Ort schnellstens davon.

Auf der Fahrt nach dem neuen Ort kam ich im Abteil mit einer Frau zu sprechen, die dasselbe Ziel hatte. Sie lebte dort. Sie schwärmte von dem großen Dorf im schönen Tal. Die Stuttgarter kämen nun bald, die Kirschblüte zu bewundern. Je näher wir kamen, desto mehr sah ich, daß die Frau nicht übertrieb. Unzählige Obstbäume wuchsen an beiden Hängen. Weit oben war dunkler Wald. Der Ort war Bahnstation, die Schule dreiklassig. Der Schulvorstand sagte mir gleich bei der Vorstellung, was ihm um die Welt nicht gefalle. Die Vorgängerin, die vorzeitig in den Ruhestand gegangen sei, habe kaum einen Unterricht rechtzeitig begonnen, diesen oft zu bald beendet. Nun, dachte ich, sie war krank, mir wird das nicht passieren. Zudem ist meine Uhr ziemlich neu. Sie geht pünktlich. Die Schüler erzählten mir, die Vorige habe Ohrfeigen ausgeteilt und an den Haaren gerissen. Ich dachte, sie muß mit den Nerven total am Ende gewesen sein. Bald merkte ich, daß hier viel angenehmer zu unterrichten war. Die Kirschbäume blühten. Mein Zimmer war schön, mit großem Tisch in der Mitte, in nettem Haus, zu dem mich der Schulvorstand begleitet hatte, denn es stand neben dem seinen. Das beste war die junge Hausfrau. Sie hatte ein kleines Kind und einen Mann, der an der Front war. Sie machte abends gern ein Schwätzchen mit mir. Sie redete von ihrem Mann. Es war der dritte oder vierte Sonntagabend, als ein Schulbub angerannt kam: »Die Neue soll sofort zum Rektor kommen! Er hat Forellen bekommen, die Rektorin weiß nicht, wie man sie kocht.« Gebratene Forellen waren nicht im Lehrplan, und ich muß sagen, ich hatte solche weder zubereitet noch gegessen. Ich lief zum *Kienle Kochbuch*, das mir eine alte Tante geschenkt hatte. Während ich die weiße Kittelschürze der nächsten Woche anzog, las ich von den Forellen. Eben in der Haustür, steckte mir die Hausfrau ein Stück Butter in die Tasche. »Ja nicht sagen!« flüsterte sie. Des kleinen Kindes wegen und da sie beim Hamstern schön reden konnte, besaß sie von dieser Kostbarkeit etwas mehr als die meisten. Es waren zwei prächtige Fische. Nach Kochbuch schuppte, köpfte, entkrustete, salzte und pfefferte und mehlte ich. In die Bratpfanne tat die Rektorsfrau ein bißchen Margarine, eine gute Messerspitze. »Fische wollen schwimmen«, sagte ich. Aber der Wasserhahn war ganz nah. »Forellen schmecken gern nach Zitrone.« »Gibt es nie welche zu kaufen.« So schauten wir beide, wie es den Fischen im Sud gar nicht gefiel. Sie hoben die Schwänze und wollten sich einrollen. »Jetzt gehört Petersilie oder Schnittlauch darüber«, sagte ich in der Hoffnung, sie gehe welchen holen. Im Garten sei es bereits dunkel. Verzweifelt meinte ich, der Herr Rektor trinke bestimmt gerne ein Gläschen Wein dazu. »Hat er schon bereitgestellt.« »Jetzt kann man den Tisch decken. Zu lange dürfen sie nicht garen.« Der Tisch war ebenfalls vorher gerichtet. »Eine heiße Platte!« rief ich nun hoffnungslos. Das war mein Glück! Die Schulleitersfrau brauchte eine Weile, bis das Porzellan erwärmt war. Endlich konnte ich unterbuttern. Jetzt gefiel es den Forellen in der Pfanne. Sie legten sich genüßlich glatt, bräunten leicht und glänzten. »Genau so hätte ich es auch gemacht«, hörte ich die Frau zum Rektor sagen, als ich aus dem Haus ging. Am anderen Vormittag, während der Großen Pause, sagte der Rektor vor allen Kollegen, solch gute Fische hätte er noch nie gegessen, wie die neue Lehrerin sie mache. Die liebe Hausfrau lachte darüber noch lauter als ich selber.

Als man sah, daß die Kirschenernte gut werde, schellte der Büttel die Versteigerung aus. Die Gemeinde hatte an den Hängen einige Bäume. Ich ersteigerte einen kleinen, der voller roter und schwarzer Kirschen war. Mein Freund half davon essen. Es war eigentlich der erste rechte Freund, den ich hatte. Er war am Ort auf der Filiale einer Sparkasse angestellt. Die Hausfrau sagte zwar: »Der junge Kerl sieht ihren Gehaltszettel.« Es war aber schön unter den Kirschbäumen, und wir wurden nicht Herr über die süßen Früchte. Ich gab sie der Gemeinde, indem ich den Mädchen im Unterricht zeigte, wie Kirschen sogar in der Backröhre einzudünsten sind. Dann wanderten wir in der Gegend. Am Samstagabend fuhren wir in die nicht zu weite Großstadt ins Theater. Am Sonntag in die nahe Stadt ins Freibad. Für all die Vergnügungen brauchte die Lehrerin geeignete Kleidung wie Dirndl, langes Kleid, Badeanzug. Man konnte solches, wenn genügend Geld hingeblättert wurde, in diesem Kriegssommer noch kaufen. Der Freund ist, als der Herbst kam, unwirsch geworden. Er ließ sich versetzen. Die Hausfrau sagte: »Er hat Ihr Sparkonto gesehen!« Ich konnte darüber lachen.

Im Oktober, zu meinem Geburtstag, kam ein neuer Kollege an die Schule. Er war Junggeselle und kam aus Stuttgart. Über alles wunderte man sich: Er kam aus der Großstadt in dieses Nest, er war im besten Alter und nicht Soldat, er war wirklich ansehnlich und hatte keine

Frau. Ich wußte nicht, warum, doch eines Samstags fragte er mich, ob ich am Sonntag mit ihm wandern möchte. Zu gern! muß er meiner Meinung nach gedacht haben. Wir kamen an die weißen Kalkwände, schauten hinauf, dann von oben hinunter. Wir wurden nicht müde, diese Gegend herrlich zu finden. Die Buchenwäldchen oben waren bunt. Zwei Sonntage lang lobten wir sie. Bei der dritten Wanderung hatte der Lehrer angefangen, von sich zu reden: Von der Jugendbewegung. Ja, die Buben seien ihm lieber gewesen als die Mädchen. In die HJ, in keine Organisation habe er sich zwingen lassen. Hierher sei er strafversetzt worden. Weil er wohl spürte, daß ich keine Schwätzerin war, versuchte er, mich über das Nazitum aufzuklären. Er wußte erschreckende Beispiele, Tatsachen! Der Krieg wird auf keinen Fall zu gewinnen sein! Die Bäume waren immer noch bunt, und auf dem Weg war es schön zu gehen. Um so weniger paßte es, wie er das Ende des Krieges schilderte, und das, was kommen wird. Ich sagte niemandem, obwohl er darum nicht bat, was er sprach, nicht einmal der Hausfrau. Dieses Dorf war bekannt für seine Hitlerbegeisterung. Einige angesehene Männer, so ein Wirt, hatten das goldene Parteiabzeichen. Versuchte ich eine Warnung, lachte er. Erst in den Weihnachtsferien daheim sprach ich darüber. Der Vater schüttelte den Kopf, und die Mutter sagte: »Du wirst doch mit diesem Mann nichts im Sinn haben!« Das hatte ich tatsächlich, und die Hausfrau noch mehr, doch leider beide umsonst. Nach den Ferien kam er nicht mehr. Und man hörte nicht mehr von ihm.

Der Winter war kälter als der vorige. Die Gemeinde besaß noch keine Turnhalle. Hätte sie eine gehabt, wäre sie des Kohlenmangels wegen nicht zu heizen gewesen. Abhänge gab es hier genug, so fuhr ich mit den Schülern Schlitten. Dann war es auch dazu zu kalt. Der Rektor war ein guter Mann. Er wies mir einen warmen Raum zu, in dem ich den Kindern etwas vorlesen solle. Ich habe immer lieber erzählt als vorgelesen. Bei der Auswahl achtete ich darauf, daß es in den Geschichten sportlich zuging. Den jüngeren Jahrgängen erzählte ich Märchen, etwa Rumpelstilzchen, in dem der Zwerg hoch über das Feuer sprang, oder wie der Königssohn an Rapunzels Zopf bis zum Turmfenster hinaufkletterte. Für die Größeren wußte ich Sagen. Wie Siegfried, der Held, durch Weit- und Hochsprung, auch im Speerwurf, Brunhilde besiegte. Die sibirische Kälte hielt an. Ich erzählte, wie Wieland, der Schmied, sogar fliegen konnte, oder daß Robert, der Teufel, vor seiner Bekehrung alles zusammenboxte, was ihm in den Weg kam. Es ist wieder Frühling geworden. Als die Kirschbäume zu knospen begannen, mußte man um die Ernte bangen. Es war ein Maikäferjahr, und wegen dieser Schädlinge (aber das habe ich bereits erzählt) bekam ich die Versetzung.

Den nächsten Dienstort erreichte ich von hinten kommend. Ein Bekannter der Hausfrau, ein Fuhrunternehmer, hat mich auf diese Höhe, einen Kilometer vom Ort entfernt, mitgenommen. Es war eine fast baumlose Weite, Äckerchen und Wiesen. Ein paar alte, krumme Kirschbäume, denen man nicht ansah, daß sie blühen werden, standen am Weg. So ging ich auf dem weißen Weg und spürte, daß dies eine ganz andere Gegend ist. Es ging eben hin zwischen riesigen Wiesen und Feldern. Es begegnete mir ein Kuhfuhrwerk. Die junge Frau riß an den störrischen Tieren. Der Großvater saß auf dem Wagen. Hier ist das Land nicht rar, dachte ich, denn nah den Häusern war ein großer Sportplatz. Eine Wettlaufbahn, Weit- und Hochsprunggruben! Zwei primitive Fußballtore standen sich weit entfernt gegenüber. Hier werde ich viele Stunden verbringen! Ein kalter Ostwind fuhr mir ins Gesicht. Nun das Dorf! Es reihten sich Gebäude der Bauern mit ummauerten Misthaufen links und rechts an eine breite Straße. Dann fiel mir ein großes, schönes Haus mit vielen Fenstern ins Auge. Nette Kinder sprangen herum. Es werden die Pfarrerskinder sein! Die Kirche stand da mit einem Turm, kaum höher als das Pfarrhaus. Dann ist die Straße zum Platz geworden. Inmitten stand ein wunderschönes Haus. Das muß es sein, das Rat- wie Schulhaus! Fachwerkgemäuer war zwischen den vier Stöcken, vor allem am Türmchen. Dieses hatte eine Uhr und Fensterchen in den vier Seiten. Es war ein reizendes Haus, das ich lange anschaute. Am Platz war ein Gasthaus. Ein Kaufladen, ein Textilgeschäftchen und eine Fahrradhandlung zeigten in kleinen Schaufenstern, was es hier zu kaufen gab. Bauernhäuser standen dicht bei dicht. Der Platz wurde wieder Straße. Sie lief steil abwärts. Weit hinunter standen an beiden Seiten Bauernhäuser mit den Misthaufen nah der Straße. Ich mußte aber nicht hinunter, sondern ins Rathaus hinein, um mich beim Schulvorstand vorzustellen. Die Tür war großmächtig. In dem lichten Flur stand an den Türen: »Bürgermeister«, »Sitzungssaal«, »Büro«. Noch schöner als draußen erwartet war die Treppe, die nach oben führte. Das Geländer, alles aus dunkelbraunem Holz, so breit, daß vier Erwachsene oder sechs Kinder auf einer Stufe nebeneinander gehen konnten. Sie folgten so flach, daß ein Schüler eine überspringen konnte. Auch tief waren die Stufen, leicht zu überrennen zu den Schulzimmern. Eines davon war für die Ober-, das andere für die Unterstufe. Ein drittes Lokälchen war für den Handarbeits-, manchmal auch für den Religionsunterricht bestimmt. Danach war die Treppe schmäler. Sie führte in die Wohnung des Schulvorstands und seiner Frau. Bei ihnen stellte ich mich vor. Ich spürte sofort, welch gute, besser gesagt, welch gebildete Menschen dies waren. Die Frau unterrichtete die Grundschule, der Mann die oberen Schuljahre. Sie hatten zwei noch nicht schulpflichtige Kinder. »Nun die Hauptsache«, sagte die Frau, und wir gingen höher. Die Treppe war nun nicht mehr so prächtig und endete unterm Dach auf der Bühne. In diesem großen

Raum war Brennholz aufgeschichtet. Es standen uralte Schulbänke hier und eine Rechenmaschine mit hundert bunten Kugeln. An einer Wand lehnten aufgerollte Fahnen. Über einer Tür war »Schulküche« zu lesen. In diesem Raum war die Fensterseite kunstvoll schräg. Drei Herde, drei Tische, ein Wandschrank und ein Pult waren darin. »Acht Stunden während der Woche werde ich hier verbringen.« »Und das Frühstück können Sie hier zubereiten, zum Kaffeekochen vom Gemeindeholz nehmen.« Im Bühnenraum war aber noch eine Tür. »Das ist Ihr Zimmer.« Ich lief sofort zum Fenster, von dem aus man in die Himmelsrichtungen sehen konnte. »Ist das schön!« rief ich. Auch die Zimmereinrichtung paßte. Nur das Eisenöfelchen mit seinem silbrigen Ofenrohr, gleich linkerhand an der Tür, störte. »Es wird ja Sommer«, sagte der Lehrer. Ich meinte, dies schon einmal gehört zu haben. Dann stieg er mit mir noch höher hinauf. Jetzt war die Treppe schmal. Ins Turmzimmer kämen öfters Fremde der Aussicht wegen. Nun sah ich noch mehr als von meinem Zimmerfenster aus. Auch die großen Wälder, die in nordöstlicher Richtung lagen.

Vielleicht zwei Wochen am neuen Ort wachte ich auf und meinte, das Bett fahre hin und her. Es war bereits ein bißchen Tag, und ich sah, wie das Öfchen tanzte. Dann krachte das Ofenrohr ins Zimmer. Wie ferner Donner hörte ich ein Grollen. Drunten riefen Leute. Es war ein Erdbeben, wie es in dieser Gegend auch stärkere gab.

Mein großer Schrecken war der Gedanke: »Schon einmal war am Anfang ein Ofen!«

Leider füllten die Unterrichtsstunden in meinem Fach nicht die vorgeschriebene Anzahl einer Woche aus. Fehlende acht, am Mittwoch- wie am Samstagvormittag, mußte ich in der Filiale sein. Dieser Ort lag drunten im Tal. Eine kleine Fabrik war da. Die Schule war mehrklassig. Ich mußte ein Fahrrad kaufen, denn um die zehn Kilometer war der Weg. Hinunter ging's in einer Viertel-, hinauf in einer ganzen Stunde. Oben unterrichtete ich gerne. Lebtags lobte ich die Schüler dieses Ortes. Sie waren aufmerksam und konnten konzentriert arbeiten. Die Mädchen im Hauswirtschafts- und Handarbeitsunterricht waren willig und still. Auch die Buben machten bei jeder Turnstunde begeistert mit. Es muß am beweglichen Menschenschlag gelegen haben: Erstaunlich viele Schnelläufer und Weitspringer waren dazwischen. So war mir der Sportplatz nie ein Schrecken. Drunten waren manche Mädchen faul und frech. An einem Samstag, während der letzten Stunde, kam der dortige Rektor ins Zimmer. Er sagte kein Wort, schaute nur über die Schar. Mir fiel auf, wie zwei Schülerinnen anfingen zu kichern. Bald darauf hörte man vom Treppenabgang her ein eigenartiges Brüllen. Ich lief, und die beiden Lacher wollten mit mir. Ich konnte sie abwehren. Unten lehnte der Mann an der Wand. Aus einer hocherhobenen Pulsader kam das Blut stoßweise. Die andere Hand war blutig. Ein

Rasiermesser lag am Boden. Ich rannte zurück. Beim Handarbeitsunterricht braucht man Schnüre. Ich holte eine rote. Inzwischen hatte eine junge Lehrerin, eine große, starke, ihm das Leben gerettet, indem sie die Adern zudrückte. Miteinander schnürten wir ab. Die Ehefrau des Lebensmüden hatte den Schrei auch gehört. Es gab kein Gerede. Der Mann hatte ein politisches Amt. Doch ich ging nie mehr gerne dorthin. Allerdings war in diesem Dorf eine Metzgerei, in der ich mit den paar übrigen Fleischmarken Wurst, ausgezeichnete, ergiebige Leberwurst für eine ganze Woche kaufen konnte.

Bisher hatte man mich in Ruhe gelassen. Hier jedoch war die Vorgängerin politisch aktiv. Den BDM, etwa dreißig Mädchen, auch solche aus Nachbarorten, hatte sie geführt. Ich wußte, welche Arbeit solch ein Dienst verursacht. Es fehlte mir zudem an Begeisterung. Anfangs konnte ich mich mit der Ausrede, ich müsse mich auf die Zweite Dienstprüfung vorbereiten, retten.

Im Rat-Schulhaus oben hatte der Ortsgruppenleiter manchmal zu tun. Er trug stets die braune Uniform, und er schaute mich scheel an. Der Bürgermeister, ein älterer Bauer, war nicht fanatisch. Wenn ich draußen Pausenaufsicht hatte, kam er manchmal zu mir, um freundlich zu reden. Eines Vormittags sagte er zu mir: »Übernehmen Sie doch das Amt der Leiterin von ›Glaube und Schönheit‹!« Die Vorgängerin habe das so nebenher gemacht. Nur jede zweite Woche kämen die ortsansässigen

Jungfrauen zusammen, nichts Politisches dabei. Wegen der »Jungfrauen« mußte ich lachen, und nahm das Amt an. Der Versammlungsraum war unten im Haus. Ich erinnerte mich an Unterrichtsstunden, die ich längst gehalten hatte, gute und weniger gute, wie die über den Alkohol. Übers Briefeschreiben redeten wir und über Namensgebung. Den Mädchen gefiel das Thema gut. Sie machten eifrig mit. Der Vor- habe zum Nachnamen zu passen. Daß Verwechslungen drohen, wenn vom Urgroßvater bis zum Kleinen alle Gustav heißen. Ich meinte, der Name müsse in die Gegend passen, also der Sven nicht auf die Alb. Wir sprachen über Namen aus der Bibel. »Was täten wir ohne Anna und Maria?« »Sogar unser Propagandaminister heißt Joseph«, meinte ein Mädchen. Ich pries alte, schwäbische Namen. So wäre es nicht verwunderlich, wenn später im Dorfkirchlein Buben mit den Vornamen Eberhard, Ulrich, Jörg getauft worden wären. Die Tochter des Ortsgruppenleiters, fast eine Schönheit, war begeistert dabei, und ihr Vater grüßte mich wieder freundlich.

In der freien Zeit, an den Sonntagen, erstieg ich die Bergkuppen, die ich vom Fenster aus so trefflich sah. Manchmal schloß ich mich dem Lehrerehepaar an. Sie waren große Wanderer wie besondere Liebhaber dieser Gegend. Der Sommer ging gut vorüber. In den Herbstferien daheim sagte ich, daß es mir an dieser Stelle gefalle.

Als ich aus den Herbstferien kam, herrschte im Dorf Bestürzung. Eine junge Frau hatte sich vor ein paar Nächten drunten auf dem Bahngleis das Leben genommen. Dies trotz des kleinen Kindes, das sie hatte. Man wußte, warum. Ihr Mann war vor einem Vierteljahr gefallen. Im Dorf ging auch das Gerede, nicht wegen des Heldentodes ihres Mannes, darauf sei die Frau stolz gewesen, sondern wegen der Schwiegermutter habe sich die Junge umgebracht. Die Leute im Rat-Schulhaus wußten, daß wohl beides zutraf. Die Gebäude des Anwesens des Gefallenen waren dem großen Haus die nächsten. Er war der einzige Erbe des Betriebs. Seine Mutter war allbeherrschend. Kam ein Schüler während der Pause ihrem Misthaufen zu nahe, schimpfte sie grausam, schlug sogar zu. Ihr Enkelkind ist etwa in den Tagen geboren, als sein Vater in Rußland starb. Die Mutter stellte es gerne im Wägelchen neben die Haustreppe, in Luft und Sonne. Man konnte vom schönen Haus aus immer öfter beobachten, wie die alte Bäuerin den Kinderwagen samt Kind zornig ins Haus zog oder wenigstens an einen anderen Platz stellte.

Der Herbst war kalt geworden. Ab Mitte Oktober mußte geheizt werden. Ich hatte ja einen Ofen im Zimmer, auf der Rathausbühne genügend Brennholz. Wenn ich von den Nachmittagsunterrichten kam, war es bereits dunkel. Oft meinte ich, es lohne sich nicht, Feuer zu machen. So trüb und kalt es war, so waren auch meine Gedanken. Der Beruf kam mir ohne Sinn, gar lächerlich vor. Die Bauernkinder haben genug Bewegung ohne die dummen Turnübungen, die ich mit ihnen mache! Auf dem Sportplatz pfiff dazu der Wind besonders heftig. Wenn wieder Wolle zu kaufen ist, werden die Mädchen von selber schöne Handarbeiten machen und gar kochen, wenn die Hungerzeit vorbei ist. Ich glaube, manchmal weinte ich. An Weihnachten sagte ich jedenfalls, es gefalle mir nicht mehr.

Die Witterung war jetzt dem Elend angepaßt. Ich hatte nie gespürt, auch nicht gewußt, wie bedrückend Nebel sein kann. Ein solcher lag meist überm Land. Von meinem Aussichtsfenster aus war ich zwar, wie etliche umgebende Hügelkuppen, manchmal über dem Nebel. Das sah sehr schön aus, doch was darunten lag, empfand ich umso trauriger. Nicht einmal die Glaube-und-Schönheit-Abende wollten mehr gelingen. An einem Samstagnachmittag, ich hatte fünf Stunden Unterricht und ein schlechtes Mittagessen nebenan hinter mir, mochte ich nicht heizen. Ich radelte zur Bahnstation und fuhr die drei Stationen in die Stadt. Damals war sie nicht groß wie heute. In den Schaufenstern war nichts Sehenswertes. Auf den Gehsteigen wimmelte es von Soldaten, denn ein paar Kasernen gab es hier. Ich ging ins Kino. Dort kam ich in eine Reihe neben einem Soldaten zu sitzen. Wenn das Liebespaar im Film sich küßte, scharrte er mit den Stiefeln. Zum Ausgang ging er dicht hinter mir.

Draußen war es bereits dunkel. Er fragte: »Sind Sie von hier?« Als ich schnell verneinte, denn es war höchste Zeit für den letzten Zug, rief er mir nach: »Das hier ist ein scheußliches Nest. Man kann hier nur ins Kino gehen!« Obwohl ich nicht wußte, was am nächsten Samstag im Kino gezeigt wurde, fuhr ich doch wieder dorthin. Der Nebel lag immer noch auf dem Land. Das einsame Zimmer war mir unerträglich geworden. Dann erkannte ich ihn sofort, wie er am Eingang des Kinogebäudes stand und auf mich wartete. Er lachte, und er war ein netter Mann. Diesmal sagte er zum Abschied, daß man den nächsten Film gesehen haben müsse. Er bat mich mit netten Worten, am andern Samstag wieder in die Kinovorstellung zu kommen. Und eben da hätte ich im Zimmer bleiben sollen und das Feuer im Ofen machen! Daß ich es nicht tat, habe ich hunderttausendmal bereut und bedacht, wie anders mein Weg verlaufen wäre. Der Ofen war aber kalt, der Vorbereitungsstoff traurig, vom Fenster aus nur Nebel zu sehen. Er lachte, indem er auf die Anzeige wies: »Das ist ein Schmarren! Gehen wir lieber spazieren.«

Es war aber häßlich draußen, so gingen wir ins Café. Als er Mantel und Käppi am Ständer hatte, sah ich ihn richtig: Sicher etliche Jahre älter als ich, nett, schlank und mittelgroß, den schütteren Haaren nach wird er einmal eine Glatze haben. Sein Gesicht war ebenmäßig schön, und er trug eine Brille. So hatte er etwas von einem Studierten an sich. Seine Sprache klang nicht nach Schwäbisch, doch seine Rede gefiel mir. Geschickt fragte er nach meinem Beruf und dem Anstellungsort. »Oh! Von der Bodenseegegend stammend!« Vom dortigen Land schwärme er. Dann war es Zeit auf meinen Zug. »Am kommenden Samstag bin ich dran«, sagte er zum Abschied. Das Wetter war anders geworden. Der Frühling hing in der Luft. Auf der einen Seite der Straße, den Misthaufen entlang, sowie an der Südwand des Rathauses war der Schnee am schmelzen. Ich machte trotzdem, im Zimmer angekommen, ein Feuerchen im Ofen. Er kam bald die Straße herauf. Unten blieb er stehen und schaute hinauf zum Turm. Wir winkten einander. Oben angekommen, ging er schnurstracks zum Fenster. »Welche Aussicht!« rief er. Ich war stolz, als hätte ich diese selber gemacht. Dann küßte er mich. Danach nannte ich die Namen der verschiedenen Buckel. Er sagte: »Hierher werde ich noch oft kommen!« An den Osterfeiertagen, wenn er Kurzurlaub habe, werde er aber mit in meine Heimat fahren, dann sehe er den Bodensee wieder. Er wollte das Dorf anschauen, und ich zeigte Kirche, Pfarrhaus, Friedhof, Sportplatz und die große Weite. Alles sei viel schöner als ich erwähnt habe.

Wir gingen ins Gasthaus, dem einzig guten des Ortes, in dem ich dreimal in der Woche zu Mittag und zweimal zu Abend aß. Die Wirtin war neugierig. Sie fragte das, was ich selber gern gewußt hätte, mich aber noch nicht getraute zu fragen, um nicht aufdringlich zu wirken. Woher er stamme? »Bei uns ist jetzt Karneval«, antwortete er. Sie wie ich mutmaßten: Dann eben vom Rheinland. »Also«, sagte die Wirtin, »von dieser katholischen Narretei halte ich nichts.« Mir war noch nicht in den Sinn gekommen, daß Fasnachtszeit sei. In dieser stockevangelischen Gegend redete kein Mensch davon. Was der Herr Soldat in Zivil sei? »Meine Schwester betreibt einen eleganten Frisörsalon.« »Frisörsalon«, äffte die Wirtin nach und lachte dazu. Wir waren bisher die einzigen Gäste. Es kam jetzt eine Gruppe von ziemlich jungen Männern, die ebenfalls hier zu essen bekamen. Sie arbeiteten in der Gegend, kletterten Telegraphenmasten hoch, um Kupferdrähte zu gewinnen. Einer war der Aufseher der Herde, der mir ein bißchen den Hof machte. Ein hübscher der fünf Männer war abends, wie auch jetzt, wie eine Frau gekleidet. Darum war mir die Bande unheimlich und ich nun froh, mit dem Soldaten zu sein. Die Wirtin war eine gute Köchin, und man wunderte sich, womit sie in dieser Zeit zaubern konnte. Der Männergruppe tischte sie Sauerkraut mit Blut- und Leberwürsten auf. »Es gibt hier herrliches Bauernbrot.« Ihm wie mir schmeckte es. Plötzlich war es zu spät auf den Zug zu Stadt und Kaserne. Er mußte bei mir bleiben. Obwohl ich wußte, wie ungern er Antworten gab, hatte ich doch manches zu fragen. So begann ich, wie lange er schon Soldat sei. »Nach dem Krieg heiraten wir zwei«, war seine Auskunft, und alle weiteren Fragen erstickte er. Der Ofen fiel nicht um. In der Frühe des Sonntags wachte ich auf mit einem Gefühl des Glücks. Es war noch nicht hell. Er stand bei der Tür in Mantel und Mütze. Mir kam vor, als schaue er sich suchend um, als wolle er etwas stehlen. Als er sah, daß ich wach war, sagte er: »Ich hatte es vergessen.« Sofort wußte ich: Er braucht den Schlüssel, um aus dem Haus zu kommen. Dieser war nicht am rechten Platz. In der Aufregung am Abend hatte ich ihn in eine Rocktasche gesteckt. Es war ein großer Schlüssel zum alten Schloß an der Rathaustür. Von Samstagnachmittag, wenn die Putzfrauen fertig waren, bis Montag früh hatte die Tür verschlossen zu sein. Er riß mir den Schlüssel aus der Hand. »Also nächsten Samstag«, sagte er dabei. Kaum sah ich aus dem Fenster, rannte er schon die Straße hinunter. Er wird einen Appell vergessen haben, mutmaßte ich. Ich hatte den Kopf nicht bei der Arbeit, sondern beim nächsten Samstag. Nach dem Stand der Dinge wird er herkommen! Doch wartete ich vergeblich, dann verzweifelt am Kinogebäude. Der Gedanke, daß er da ist, wo ich nicht bin, war unerträglich. Es war jetzt warm geworden. Die beiden verlorenen Wochenenden taten weh. Wenn er am dritten Samstag nicht kommt, werde ich zur Kaserne gehen. Er könnte ja krank geworden oder gestorben sein. Vielleicht gibt er eine Nachricht. So wartete ich auch den dritten.

Als ich mich bereits zum schrecklichen Kasernengang bereit gemacht hatte, kam der Soldat die Straße herauf.

Etwas im Zimmer schien mir nicht in Ordnung, ich riß und räumte, da stand er drunten und schaute herauf. Es war ein anderer. Ein Bote. Die Frauen putzten noch in den Schulsälen. Der Soldat war im Flur bei der Tür zur Ratsstube. Er war jünger und größer, trug keine Brille und hatte Litzen an Kragen wie Achselstücken. Ich stand auf der ersten Stufe der großen Treppe und bat ihn hinaufzukommen. Nein! Das werde er auf keinen Fall. Dies hörte sich an, als wolle er in so etwas nicht verwickelt werden. »Also das mit dem Turmzimmer und der Lehrerin stimmt«, begann er. Da hätte ich keinen guten Geschmack gehabt! Ich nannte dessen Namen. Der fremde Soldat lachte laut. So heiße einer der Einheit. Und dann kamen die Keulenschläge: Jener heiße so, er habe geprahlt und gespottet, er sei übrigens ein verheirateter Mann, vor zweieinhalb Wochen an die Front gekommen. Ich mußte mich am Treppengeländer festhalten und fragte, warum er den weiten Weg gekommen sei. »Heute wußte ich nicht, was anfangen. Die Lehrerin hat mir leid getan. Hoffentlich bekommt sie kein Kind von ihm.« Vielleicht hat der Soldat gesehen, wie ich aussah. Er tat, als lese er das Schild vom Amtszimmer des Bürgermeisters. Dann ging er. Ich setzte mich auf die Treppe. Das Rumoren der Frauen, die putzten, kam näher, so mußte ich hinaufgehen. Eine von ihnen fragte, ob mir nicht gut sei. Als ich nickte, meinte sie, es kämen ja bald Osterferien.

Dies geschah am Samstag vor Palmsonntag. Am Samstag vor Ostern fuhr ich trotzdem heim. Die Zweitälteste war aus München mit ihren beiden Kindern daheim. »Wo ist der Heiratskandidat?« fragte sie. Ich schüttelte den Kopf. Ihr hatte ich damals, vor Wochen, von ihm geschrieben. Mit den Schwestern ging ich zum Festtagsgottesdienst. Nun gehörte ich bereits in eine Reihe der etwas älteren Mädchen. Zuerst ging es gut. Als man aber zur Verkündigung des Evangeliums stehen mußte, überkam mich ein übler Brechreiz, dann fuhren die vor mir Stehenden auf und ab, die Nebensteherin drehte sich im Kreis. Ich drückte den Mund zu und klammerte mich an der Kirchenbank fest. Wenn ich mich jetzt setze, oder gar hinausgehe, weiß jedermann ... ja, was weiß er? Das, was ich seit ein paar Wochen fürchtete. Als man kniete, war's besser, doch mußte ich mich festhalten. Kein Kreuzeszeichen konnte ich machen und kein Geld in den Klingelbeutel werfen. Der Gottesdienst dauerte endlos lange. Die Bilder der Kirchenfenster, die Statuen der Heiligen ekelten mich an. Ein maßloser Zorn überkam mich. Alles war umsonst gewesen! Am größten war der Ärger darüber, wie ich als Kind hier so viel gebetet hatte. »Warum hast du kein Weihwasser genommen?« fragte die jüngere Schwester, als wir endlich draußen waren. Nach dem Festessen am Tisch fragte wieder diese Schwester: »Was ist mit dir? Du hast kaum etwas gegessen und bist bleich.« »Was blaß?« sagte die Zweite, »jetzt ist sie rot!

Sie wird diesem Mann alles geglaubt haben!« Alle schauten mich an. Der Vater schlug die Faust auf den Tisch, daß die leeren Teller zitterten. Er schrie: »Von der hab ich nichts anderes erwartet!« Die jüngste Schwester weinte bereits. »Müssen wir uns alle schämen?« Nun lief ich aus der Stube, aus dem Haus in die Wiese hinunter. Der Weiher war nicht mehr da, nur ein paar alte Weiden und der krumme Baum. Er war so krumm, daß man als Kind mit Anlauf den Stamm hochlaufen und in den Ästen turnen konnte. Er war das Ziel bei vielen Spielen, darum hat der Vater ihn stehen lassen. Unten am Stamm konnte ich sitzen. Es war ein Frühlingstag, so schön, wie es jedes Jahr nur wenige gibt. Meine Füße waren in Blumen, weil der Boden hier feucht war, in Sumpfdotter- und Schlüsselblumen. Es war in mir ganz leer. Plötzlich stand die Mutter da. Sie sprach ganz laut: »Die Helena (die zweite hieß nach der Mutter) hat recht! Das war immer dein Fehler, du glaubst allen Leuten!« »Ich nehme mir das Leben.« »Nein!« Jetzt schrie die Mutter beinahe. »Das wirst du nicht! Eine Schande auf die andere häufen! Wer sich so Dummes einbrockt, muß es auslöffeln. Denke nicht immer, ob es dir gefällt oder nicht. Tu deine Arbeit richtig!« Jetzt konnte ich weinen. »Wie weit ist es denn?« fragte sie ein bißchen leiser. »Erst seit dem Gottesdienst weiß ich es gewiß.« Danach befahl mir die Mutter, am anderen Tag wieder zu gehen. Wenn ich den Beruf recht ausübe, werde es nicht so schlimm werden. Nachher wunderte ich mich, wie freundlich alle waren, sogar der Vater. Das Foto von mir war weg von der Wand. Ich schaute den hellen Flecken an und nickte.

Zu diesen Zeiten gab es für Zivilpersonen nur Bummelzüge. An jeder Bahnstation hielten sie für eine Weile an. Während des ersten Teils der Strecke überlegte ich, wie der Mutter Rat zu befolgen ist. Das hohe Ulmer Münster ließ ich also rechts liegen. Die Fahrt dauerte bis in den späteren Nachmittag. So hatte ich manche Unterrichtsstunde zur genauen, womöglich schriftlichen Vorbereitung im Kopf. Auch der Abend für »Glaube und Schönheit« war mir geläufig.

Als ich aus dem Bahnhof kam, führte die Straße zum Dorf in die falsche Richtung. Die Misthaufen oben, die ich gut kannte, lagen auf der falschen Seite. Das Rathaus stand falsch, der Schlüssel am schweren Schloß paßte aber. Es war Feiertag. Im Zimmer stand das Bett verkehrt. Ich ging zum Fenster, um nach dem Sonnenuntergang zu schauen. Er war so prächtig wie je, nur eben im Osten, wie ich meinte.

Die Stimmung, die mich an diesem Abend beherrschte, ist schwer zu beschreiben. Die tiefe Verzweiflung war einer Gehobenheit gewichen. Mir war's, als stünde ich nicht mehr am gewohnten Platz, als stehe ich neben mir, als schaue ich mir zu, als begänne ein anderes Leben.

Der Umweg

Die Katzen, sagt man, haben sieben Leben. Ihre hinteren Nachbarn hatten einen Kater. Als kleines Kätzchen spielte er mit vier Geschwistern auf der sonnigen Haustreppe. Der große Hund hatte seine Hütte gleich daneben. Seine Kette reichte gerade bis zu ihr. Er schaute dem Gewusel der Kätzchen gerne zu. Dabei knurrte er friedlich. Er ließ die Kleinen bis an seine Pfoten kommen. Die beiden Kinder der Hofbesitzer streichelten sie, so oft sie nur konnten. Die Magd Rese aber streichelte nur das eine, immer dasselbe. Alle fünf Tierchen waren tigergestreift, grau, nur jenes hatte einen weißen Fleck im Gesicht. Dieser hatte die Form einer Sichel oder die des zunehmenden Mondes. Kam die Kätzin, saugten sich die Jungen die Ränzlein voll. Bald fraßen sie zusammen mit der Mutter eine Maus. Ab und zu huschten sie in den Stall, um in der Katzenschüssel nach Freßbarem zu sehen. So sind sie in den Sommermonaten groß geworden. Der Bauer sagte: »Zu groß.« Sie hatten außer der Kätzin noch zwei Stück, und bei einer sah man, daß sie wieder trächtig war. Der Nachbar nahm kurzerhand einen Papiersack, der neben der Treppe lag, und stopfte die fünf hinein. Im Zementsack tobten die Katzen. Er mußte schnell zubinden und zum Bach laufen. Wo der Gumpen war, wo es strudelte, warf er ihn hinein.

Am nächsten Tag, die Sonne schien, näherte sich die Katze, die den Flecken am Kopf hatte, der Haustreppe. Der Hund knurrte zornig. Als sie ihm nah war, konnte sie sich nur durch einen weiten Satz retten. Die Wärme auf der Haustreppe tat ihr gut. Die alte Kätzin kam. Sie fauchte bösartig, schlug nach der jungen Katze, als wolle sie diese verjagen. Rese ging vorbei. Sie stieß mit dem Schuh nach ihr. Weil deren Fell feucht, also struppig war, sah sie: Es war ein Kater. »Wenn er das Zeichen nicht hätte, würde ich's nicht glauben«, sagte sie zur Bäurin. Diese schimpfte mit dem Mann: »Ein Papiersack löst sich im Wasser auf!« »Vielleicht hab ich nicht recht zugebunden«, murmelte er. Auch die Kinder jagten den Kater grob von der Treppe. Dann ging er Hund und Mensch aus dem Weg. Im Heustock, über dem warmen Kuhstall, hatte er sein Lager. Er schlief fast immer. Mäuse gab es genug. Dabei ist er groß und stark geworden. Ganz selten, vielleicht wenn der Durst ihn plagte, schlich er scheu zur Katzenschüssel. Sah ihn die Rese, machte sie ein wüstes Geschrei: »Der Rälle ist immer noch da!« In einem ausgehenden Winter miaute, johlte und sang er in einer Nacht ums Haus. Die Tochter schlug das Fenster zu, der Bauer riß es auf und warf einen alten Schuh nach dem Jauler. In der nächsten Nacht, als er wieder schrie wie ein Säugling, fluchte Rese aus dem Fenster. Der Sohn hatte einen Stein bereitgelegt, er traf den Ruhestörer nicht. Nach einer solchen Nacht muß dem Kater drimmlig gewesen sein! Er kam unter die Räder. Der Arzt hatte schnell durchs Dorf fahren müssen. Der Nachbar lachte, als er die Katze am Schwanz packte und sie an den üblen Ort warf, wo man verendetes Kleinvieh verlocherte. Im Moment hatte er keine Zeit dazu, nachher vergaß er es. Hohes Gras und Brennesseln wuchsen dort.

Etwa nach einer Woche, sie wußten es nicht genau, ist der Kater auf die Haustreppe zugekommen. Er war weder struppig noch abgemagert. Der Hund jaulte erfreut und wedelte mit dem Schwanz. Der Kater ging, wie als junges Kätzchen, nah zu ihm. Danach setzte er sich auf die bereits warme Treppe. Die alte Kätzin kam zu ihm. Sie leckte aber nur die eigene Pfote. Die ganze Familie war da, um sich zu wundern und um zu sagen, sie würden es nicht glauben, wenn er das Zeichen nicht im Gesicht hätte. Jeder wollte ihn streicheln. Sie gaben ihm Wurst und Milch. Und dann bekam er sogar einen Namen. Sichel, hießen sie ihn der Form des Fleckens wegen. Er war Reses Liebling, die nur Sichele zu ihm sagte. Er wurde ein schöner, fetter, sehr alter Stubenkater. Er war Vater vieler Kätzchen. Manche hatten weiße Flecken am Kopf, aber keines so einen wie er selber.

Ihr zweites Leben begann gut. Sie gedachte der Mutter Rat. Die Schüler, die Vorgesetzten und die Mitmenschen spürten ihren Eifer. So verging ihre gehobene Stimmung nicht. Manchmal mußte sie sich, was vordem nie geschah, dagegen wehren, daß nicht stolze Einbildung daraus wurde. Nach den Sommerferien, die sie nicht daheim verbringen konnte, als man ihren Zustand sah, tischte sie die herrlichsten Lügenmärchen über den Vermißten auf. Ab und zu erschrak sie zwar darüber, wie leicht ihr das Lügen fiel. Manchmal wunderte sie sich, wie leichtgläubig andere sind. Die Frau vom Laden beim Rathaus erzählte den Leuten sogar, sie habe den hübschen Offizier an einem Samstag vor Ostern ins Schulhaus gehen sehen. Der Schulvorstand und seine Frau schlossen sie mit in ihre Familie ein. Sie sprachen von Leonardo da Vinci, dem unehelichen Sohn, und wußten vielen Trost, den sie meinte gar nicht zu brauchen. Als ihre Figur für den Sportunterricht bei den oberen Jahrgängen unmöglich wurde, durfte sie in manchen Stunden mit diesen Heilkräuter sammeln, auch Schulfilme vorführen. Weil sie sich gut darauf vorbereitete, gefielen diese den Kindern sehr. Manchmal war sie stolz, zum Beispiel auf die Kaffeegewinnung. Wie das Rektorenehepaar, war auch der Schulrat einsichtig und zuvorkommend. Von weitem war es ihr anzusehen, als er ihr vorschlug, statt zu unterrichten, aufs Büro des Schulamtes in die betreffende Stadt zu kommen. Hier öffnete sie sorgfältig die eingegangene Post, um die Kuverts zu wenden für nochmaligen Gebrauch.

Nun war es aber nicht so, daß allen Leuten ihr dicker Bauch gefiel. Der Bürgermeister wandte sich ab, was ihr besonders wehtat. Der Ortsgruppenleiter grüßte spöttisch. Die Wirtin verließ die Gaststube, wenn sie mittagessen kam. Der Wirt brachte ihr die Suppe. Dabei hätte sie doch gerne seiner Frau das Lügenmärchen vom Vermißten erzählt. Kein Mensch außer ihr hatte diesen Mann gesehen. Vielleicht war diese böse, weil die Kostgängerin die Speisen, außer was sauer schmeckte, liegen ließ. Die alte Bäuerin unten, die Sohn und Schwiegertochter verloren hatte, ballte die Faust gegen die Schwangere. Diese und die Schulleitersfrau rätselten, warum.

Dann kam die Zeit: Sechs Wochen vorher, sechs Wochen nachher. Die durfte sie in einem Heim verbringen. Es war ein großes Haus auf einem Berghang, ähnlich einem Schloß oder Hotel. Vor dem Namen über dem Eingang stand groß NS auf dem Schild, was die Pracht ein bißchen störte. Drinnen gab es schöne Ein- und Zweibettzimmer mit Aussicht über Tal und Fluß, einen Speisesaal, Aufenthaltsraum mit Sesselgruppen, ein Riesenzimmer mit Bettchen für die Neugeborenen, ein kleineres mit Nischen für die Stillenden. Alles, auch die Wirtschaftsräume unten, war großartig. Das Personal war die Leiterin, zwei Säuglingsschwestern, eine Bürokraft und etliche dienstbare Geister. Ein Frauenarzt hatte nebenan die Praxis. Die Geburten fanden in der Klinik statt. Im Heim waren Frauen von politischen Größen, von Offizieren, von Gestapo- und SS-Männern, Wehrmachtshelferinnen, gefallene Lehrerinnen und Damen von »Glaube und Schönheit«. Im Haus herrschte der Geist, man schenke dem Führer sowie einer herrlichen Zukunft ein Kind. Während ihrer Monate war eine lustige, übermütige Gesellschaft beieinander. Obwohl das fünfte Kriegsjahr war, lachten sie viel und aßen gut. Wer nicht an das Glück glaubte, log einfach das Blaue vom Himmel herunter. Die anstehende Geburt verglich man dort mit den Anstrengungen eines Klimmzuges. Es war zu beobachten, daß die Mütter danach weniger lachten. Wahrscheinlich hatte es weher getan, als sie erwartet hatten. Es waren meist Erstgebärende hier. Das Stillen war nicht ohne Probleme. Ja, für die Zukunft des Kindes gab es doch einiges zu fürchten. Es war im Spätherbst. Ein Kriegswinter stand bevor. Klimmzüge hatte sie nie gerne und gut gemacht.

Der Säuglingsschwester Edith gefielen die Mütter, die solche nicht sein sollten, nicht im geringsten. Auch derer Kinder ließ sie schreien. So flüchtete sie samt Kind mit einer Brustentzündung wieder in die Klinik. Die Mutter schrieb, sie solle mit dem Buben heimkommen. Die Schulbehörde hatte ähnliches Mitleid. Die Stelle, in der Nähe der Heimat, war dreizehn Kilometer von dieser entfernt. Mit dem Fahrrad konnte sie sie, je nach Witterung, in etwa einer Stunde erreichen. Es war ein Lehrauftrag in Hauswirtschaft. Der Unterrichtsraum samt Küche war in einem uralten Gebäude, viel früher ein Gasthaus oberhalb der schönen Stadt. Wenn sie, meist etwas zu früh, dort ankam, warteten schon Schülerinnen, die aus umliegenden Dörfern in diese Schule mußten, auf sie. Machten sie das Licht im Schulraum an, rannten etwa zweizentimeterlange, schwarze Käfer unter die Spülsteine. So gingen sie zuerst auf Jagd nach Schwaben – oder waren es Russen? Die Dorfmädchen waren es, die ihren Erfolg an dieser Schule ausmachten. Sie brachten Milch und Mehl mit, ein Ei oder gar Sahne. So konnte sie lehren, wie man Gutes kocht. Etwa Karamelkrem! Auch ein Schulgarten gehörte zum Auftrag. Nun, Gartenbau war nie ihr Lieblingsfach. Von den Landmädchen konnte sie manches lernen. Der Sommer war dann heiß und trocken. Trotz Ferien radelte sie zweimal in der Woche zu jenem Garten, goß und riß Unkraut aus, damit sie ernten konnten, was gepflanzt war.

Sie konnte nicht mehr dabeisein, denn zum Schulbeginn wurde sie versetzt an eine Schule, die noch näher der Heimat war. Das beste an einer Versetzung ist, daß viele Stunden Wiederholungen sind. Sie konnte also ihre Gedanken beim Kind haben, das sie sehr liebte. Für dessen leibliches Wohl war untertags die gute Schwester, die vordem den fluchenden Vetter versorgt hatte, zuständig. Sie gab dem Kleinen alle drei Stunden das Fläschchen, das seine Mutter in der Frühe vorbereitet hatte. Die Gute machte den stinkenden Kerl auch sauber. Die Mutter sagte, so ein liebes, zufriedenes Kind habe sie nie gehabt. Dieses wußte wohl, daß es gar nicht da sein sollte. Der Vater gab dessen Mutter einmal ein freundliches Wort: »Was du machst, ist eine Viecherei!« Es war noch Winter, ein böses Wetter, als sie früh aus dem Hof nach jener Schule fuhr. In der Nacht hatte sie starke Gallenschmerzen gehabt. Für Bauchwehgeplagte hatte er Verständnis, weil er selber oft an solchem litt.

Bei ihr wurden die Schmerzen unerträglich. Ein guter Arzt operierte ein Säckchen voller Steine heraus. Sie lag im Krankenzimmer mit einer Einwohnerin der Stadt. Bei Tag und bei Nacht gab es Fliegeralarm. Die Frau wehrte sich gegen den Transport in den Keller. Sie ließen beide Betten stehen. Die Frau wußte nämlich: »Unsere Stadt wird von keiner Bombe getroffen! Wir haben die Schutzmantelmadonna!« Die andere war froh, mit unter den Mantel zu schlüpfen, denn nah, in der Stadt am See, ging es furchtbar zu. Nach einem Mittagessen kam eine ihrer Schwestern, sie abzuholen. Es war diese, die gestorbene und abwesende Brüder wie den kranken Vater vertrat, die dunkelhaarige, hübsche. Jetzt war sie zerzaust und hatte einen roten Kopf. Als sie daheim wegfuhr, war Schnee auf der Straße gelegen. Je näher sie der Stadt kam, desto mehr war er geschmolzen. Mit dem Gaul zusammen hatte sie den Schlitten gezogen. Sie warteten noch eine Stunde, dann war das Schmelzwasser gefroren und sie flitzten heim. Das Pferd wollte endlich in den Stall, sie zum Kind, und der Vater hätte am liebsten geflucht, weil es mit der nur Scherereien gebe.

Inzwischen war die Versetzung an die Grundschule der Heimatpfarrei gekommen. Dem großen Lehrermangel, einem barmherzigen Amt, vielmehr Mann, war es zu danken. Hierhin konnte sie leicht zu Fuß kommen. Den Schülern das Lesen, Schreiben, Rechnen zu lehren, gefiel ihr viel besser als die Fächer ihres Berufs. Wieder einmal wußte sie, daß sie den Beruf verfehlt hatte. Die Grundschule mit den Klassen eins bis vier hatte dieserzeit um die hundert Schüler. Es kamen immer noch welche hinzu, denn im Hinterland fanden Fliegergeschädigte Aufnahme. Bombengefährdete aus dem Saarland kamen. Es existiert ein Klassenfoto aus dieser Zeit. Die vorderste sitzende Bubenreihe war so breit, daß der Fotograf nicht alle erfaßte. Jedesmal, wenn sie das Bild betrachtet, denkt sie der weinenden Kinder, die nicht draufgekommen sind. Der Unterricht war durch das Sirenengeheul oft gestört. Sie ging mit den Kindern in den nahen Brauhauskeller. Oft war das Märchen, das sie zur Ablenkung erzählte, noch nicht zu Ende, wenn die Wirtin »Entwarnung« in den Keller schrie. Es ging sowieso alles drunter und drüber. Und sie hatte viel zu nähen, denn es war das Jahr, an dessen Ende der Vater starb. Das nächste Jahr mit dem Kriegsende war noch übler. Als der Krieg zu Ende ging und die Sieger einmarschierten, gab es wochenlang keine »Schule« mehr.

Die französischen Machthaber meinten es hier gut mit der Bildung. Viele Lehrer, das heißt manche, die sich mit den Nazis zu sehr eingelassen hatten, durften vorerst nicht unterrichten. Gottlob gehörte sie nicht zu ihnen, sie durfte sogar ihre Stellung behalten. Bevor der Schulbetrieb wieder richtig losging, wurden die Lehrer zu einer Tagung einberufen. Dieser und jener kam sich gescheit vor und redete bei der Anfahrt vom Giftzahnziehen. Der erste Satz beim ersten Vortrag lautete, daß beileibe niemandem ein Giftzahn gezogen werde. Es waren hochgescheite, klärende und helfende Ansprachen. Bei der Schlußveranstaltung erzählte ein Herr eine Geschichte, eine nette Fabel. Seine Sprache war schön wie die eines Schauspielers mit leicht französischem Akzent. Als Gott die Tiere erschaffen hatte, wollte er ihnen die Namen und jedem etwas Besonderes, Schönes geben. Sie sollten sich in eine Reihe stellen! So bekam der Löwe die Mähne zu seinem stolzen Namen, der Elch das fast zu schwere Geweih, der Pfau die Augen auf das Federrad. Einem Tier schien die Reihe endlos zu sein. Derweil, bis es drankam, konnte es in den Wald laufen, um Eicheln zu suchen. Weil es freßgierig war, hörte es erst auf, als sein Bauch prall voll war. Als es in die Reihe zurück wollte, war diese nicht mehr da. Der Herr räumte Haar- und Horn- und Farbreste zusammen. Er ärgerte sich. »Boche!« schrie er es an. Ob man nun Schwein oder Sau zu ihm sagt, allezeit ist es ein Schimpfname. »Hutz!« schluchzte eine kleine Schülerin der Klasse, der sie erzählte. Das Kind kam aus kärglichem Haushalt, doch zu einem Schwein langte es, und die Kleine hatte dieses sicher recht gerne. Jenes erste Schwein schämte sich, darum kann nur selten eines den Kopf hochheben. Auch weinte es, daher die kleinen Augen aller Schweine. Es war aber der liebe Gott, der am Werk war. Er hatte Mitleid mit dem Tier. Ganz in Gedanken, was er ihm Gutes tun könnte, wickelte er dessen nackten, geraden Schwanz um den rechten Zeigefinger. Dann lachte er: »Schau! Jetzt hast du einen Ringelschwanz!« Das Schwein wollte diesen sehen, doch der dicke Bauch hinderte. Es stand auf die Zehenspitzen, und darauf geht es heute noch. Die Schülerin lief nach dem Unterricht schnell heim. Sie wollte bei ihrer Hutz schauen, ob es stimmt, was die Lehrerin erzählt hat.

Der Vorstand dieser Schule meinte zurecht, diese ihre Erzählerei habe praktisch keinen Wert. Etwa drei Jahre lang erwartete sie die Versetzung. Obwohl, einige Schüler schafften den Sprung in eine höhere Schule. Daß der Prophet in seinem Vaterland nicht beliebt ist, bekam sie auch zu spüren. Eine Gruppe Mädchen der vierten Klasse fingen an zu randalieren. Wahrscheinlich hetzten deren Mütter, die mit ihr aufgewachsen waren und alles von ihr wußten. Weil die Kinder keine Rechtfertigung und keinerlei Widerstand spürten, verlief der Protest, und sie gehorchten wieder. Der Schulrat kam, wie von jemandem aufgebracht, sie spürte es, unangemeldet in ihren Unterricht. Es war eine Nachmittags-, eine Rechenstunde. Über dreißig ihrer Schüler und zwei Reihen Buben aus des Rektors Klasse, die dieser gerne bei ihr nachsitzen ließ, saßen im Schulsaal, als er hereinplatzte. »Weitermachen!« sagte er. Sie waren dabei, zu ergänzen auf den nächsten Zehner, Hunderter, der großen Buben wegen Tausender. Trotz des Schulrats erinnerte sie sich an den Zigeunerjungen. Das schaffte Begeisterung. Der Schulrat machte zuletzt selber mit.

Lehrer kamen aus der Gefangenschaft, andere aus der Nazisperre zurück, und neue waren bereits ausgebildet worden. So ging ihr der Posten verloren. Inzwischen war am Ort eine Schulküche errichtet worden. Dem Bürgermeister, dem Pfarrer und einigen ihr wohlgesonnenen Gemeinderäten hatte sie's zu danken, daß sie schulentlassene Mädchen aus vier Gemeinden in Hauswirtschaft unterrichtete. Dazu bekam sie den Sportunterricht, obwohl noch weit und breit weder Sportplatz noch Turnhalle war. Trotzdem machte sie hier die längst fällige Zweite Dienstprüfung. Bei der Vorbereitung zur Prüfungsprobe half ihr ein Bauer, Nachbar von Schule und Kirche. Im Schatten der Kirche, auf der sumpfigen Wiese, hob er eine Grube aus und füllte sie mit Sand für den Weitsprung. Er schleppte auch Balken wie Holzbänke dorthin für den Hindernislauf. Ihm sei ewiger Dank! Sie bestand nämlich die Zweite, wie gehabt, mit gut gemeintem Ausreichend, war jetzt Hauptlehrerin, und wurde versetzt in eine Stadt im Hinterland des Bodensees, ziemlich weit entfernt von ihrem Wohnort.

Das Gefühl, neben sich zu stehen, verließ sie nun erst recht nicht. Jetzt hatte sie ausschließlich Handarbeitsunterricht zu geben. Sie konnte es endlich mit genug Garn. Die jungen Schwestern wollten heiraten. Deren Freunde kamen ins Haus. Der kleine Bruder dachte an Hochzeit, so wurde klar, daß man sie mit dem Buben nicht mehr brauchen konnte. Die derzeit herrschende Wohnungsnot lag wie lähmend auf Veränderungen. Die beiden durften zum verwandten, kinderlosen Ehepaar ziehen. Als sie ein kleines Mädchen war, hatten sie es dort mit ihr versucht. War es Heimweh oder Kopfläuse? Besser, sie wäre geblieben! Das Anwesen war nicht groß. Doch bescheidene Menschen dieser Sippe lebten schon seit langem dort. Abgelegen, sagt man, denn es war überallhin weit zu gehen, zur Kirche, in die Schule, zum Rathaus und zum Kaufladen, gar in die Stadt. Auch zur Verwandtschaft ging man von dort selten. Es kam jedoch die Zeit der Fahrräder.

Das Gehöft lag am tiefsten Punkt des ganzen Bezirks. Es war von Wäldern umgeben. Aus jeder Himmelsrichtung lief durch diese ein Weg hinunter ins Tälchen mit den Wiesen und kleinen Äckern. Ein Bach mündete in einen größeren. Die Bahnlinie führte durch. Beides machte die Abgeschiedenheit noch deutlicher. Der Winter war still und weiß, als wäre er hier daheim. Im Frühling, wenn die Wiesen bunt und die Waldränder grün wurden, konnte man meinen, das Tal gehöre zur weiten Welt. Die Sonne stach im Sommer so giftig hierher, als gäbe es für sie nur diesen Platz. Es war nicht besonders fruchtbar hier. Die Kartoffeln, Kraut und Rüben gediehen. Kirschbäume hatten sie keine. Wenn es im Herbst stürmte, fielen die Winde aus allen Richtungen in diesen Topf. Die Rehe waren nicht scheu. Sie hoben, wenn sie ästen, nur geschwind den Kopf, kam ein Mensch in ihre Nähe. Auf dem Weg am Waldrand konnte einem der Dachs begegnen, auch einmal eine Wildsau. Von den alten Obstbäumen hüpfte ab und zu ein Wiedehopf ins Gras. Am Bachrand standen Fischreiher. Lärm machten Wildenten. War die Zeit des Kuckucks, riefen diese von allen Seiten. In der Nacht hörte man manchmal die Eulen rufen.

Solche Einsamkeit birgt auch Gefahren. Sie wußte von einem, der ein Kauz war, von dem es hieß, er könne nicht sprechen. Eine Frau war bigott, daß gotterbarm. Bis ins hohe Alter machte sie den sehr weiten Weg bei jedem Wetter zur Kirche. Ein Mädchen, das sie dort aufnahmen, gebärdete sich wie ein läufige Hündin. Ja, und eine hatte im Keller Erscheinungen und ist darüber verrückt geworden.

Dem Buben gefiel es dort. Er war zufrieden wie je. Zur Fahrt in die Schule bekam er ein besonders prächtiges Fahrrad. Er lernte leicht. Die Hausaufgaben, und was man von ihm forderte, machte er wie nebenher. Er war sogar Ministrant. Die Verwandten mochten ihn. Weil er sowieso denselben Namen hatte, nahmen sie ihn als eigen an. Er zeigte sich hilfsbereit. Manchmal war zu bemerken, wie sehr er diese alten Leute liebte. Um seine Mutter, die wie immer jeden Tag wegfuhr, kümmerte er sich kaum, und sie war seinetwegen unbekümmert.

Anfangs hatte sie's nicht bemerkt, welch treuen Freund sie hier unten hatte. Der Hofhund lief frei. Zur Mittagszeit trottete er zum Waldrand und setzte sich an den Weg. Kam sie angefahren, jaulte er erfreut und begleitete sie. Wenn sie wegen des Nachmittagsunterrichts nicht kam, wartete er später wieder auf sie. Und war sie ein paar Stunden in die Nacht hinein fort, saß er auch dann am Wegrand. Sie dachte, er will seine Leute beisammen haben. Waren aber andere nicht da, scherte er sich nicht darum. Dann fing er an, sie zu begleiten, wenn sie fortfuhr, bis zum Wald, bis mitten hinein und darüber hinaus. Dabei ist er nach Jahren ums Leben gekommen.

An solche Ergebenheit mahnte sie der Mann, der dann seine Rolle spielte. Auch er wartete am Waldrand. Es war lächerlich und beschämend! Erstens hatte er eine Frau und zweitens: Er war klein und schmächtig. Die Haare trug er (was damals kein Mann tat) bis zur Schulter. Er hatte Zahnlücken und trank wohl gerne etwas. Er kam oft zu ihnen, an den Wochenenden und abends. Zur Unterhaltung machte er in der Stube den Kopfstand und ging auf den Händen treppauf, treppab. Er konnte schön malen. Besonders Blumen malte er gerne. Das Tal liebe er, sagte er. Die Schönheit überhaupt konnte er eigenartig bewundern. Wenn sie beisammen am kleineren Bach saßen, sahen sie jedesmal Forellen. Es ist Winter, Sommer, wieder Winter geworden. Wie beim Hund dauerte die Ergebenheit und nahm wie bei diesem ein jähes Ende. Jemand muß dem Mann die Talfahrt verboten oder verleidet haben. Ihr war es recht.

Des weiten Weges wegen hatte sie nach dem Fahrrad ein leichtes Motorrad gekauft. Als es die Zeit zuließ und sie die noch weiter entfernte Stellung in der Stadt bekam, ein gebrauchtes Auto. Dies war ein herrlicher VW, ein brauner Käfer mit abgeteiltem Hinterfensterchen und mit Zwischengasgebung beim Schalten. Sie ging, vielmehr fuhr ihrem Beruf nach. Weil alles so in Ordnung schien, ist sie sozusagen übermütig geworden. Es sei ja höchste Zeit, dachte sie und machte die Bekanntschaft mit einem Mann.

Sie verheimlichte nichts vor ihm und den Seinen. Er war einige Jahre jünger als sie und hatte einen guten Beruf. Die Mutter mochte ihn wie die anderen Schwiegersöhne. Die Alten im Tal, wie der Bub, sprachen weder dafür noch dagegen, so, als ginge es sie nichts an. Das Hochzeitsfest war bescheiden. »Du brauchst das mit dem Buben nicht allen Leuten auf die Nase binden«, sagte er.

Darüber lachte sie und meinte, daß sie es ohnehin wüßten. Sie hatten sich alles gut zurechtgelegt. Sie zog an den neuen Wohnort, an den ihres Gatten. Ihr Dienstort blieb derselbe, war nun weiter entfernt als vorher. Auf ein eigenes Häuschen werden sie sparen, und das Kind, das sich angekündigt hatte, für die Wochentage in ein nahes Heim geben. Dem Töchterchen wollte das aber nicht gefallen. In der dreizehnten Nacht hörte es auf zu atmen. Es war Mutters dreizehntes Enkelkind. Zu dieser Zeit war die Mutter auf der Seite der Glücklichen. Zu ihr sagte sie zum Trost: »Jetzt hast du einen Engel im Himmel droben.«

Und was hatte sie drunten? So schlimm war es zwar nicht! Doch als er aus der Schule war, kamen die ersten Klagen über ihn auf. Mitten in einer Arbeit laufe er weg, um zu lesen oder sich ins Bett zu legen. Allerdings war er nun des öfteren krank. Einen Leberschaden, Zucker, eine schwache Lunge habe er. Was die Ärzte zu ihm sagten, schilderte er übertrieben, und die Medizin, die diese ihm verschrieben, nahm er nie ein. Er sagte selten mehr die Wahrheit, log aber lieber zu seinem Nach- als zu seinem Vorteil. Was er tat, war ohne Eigenverantwortung. Wenn sie von dort in ihr Zuhause fuhr, weinte sie unterwegs manchmal. Das Pferd fiel ihr ein, das sie als Kind sah, und eine Handbewegung, die sie nicht vergaß. Der Vater war zu einem Verwandten gefahren, das Fuhrwerk voller Kinder. Der Hof jenes Bauern lag oben, wo nicht jedes

Grundstück von einem Weg oder Wassergraben, einer Kirschbaumreihe oder eines Nachbarn Hopfengarten begrenzt war. Bei diesem Bauern waren die Wiesen groß. Er hatte Pferde: Hengste, Wallache, Stuten und Fohlen. Deretwegen fuhren die Kinder so gerne mit, um zu schauen, wie sie in der Koppel galoppierten. Ein Roß stand nah am Eingang. Es war kein Fohlen. Diese schlugen mit den Hufen nach ihm, wenn sie in seine Nähe kamen. Es war aber auch noch kein Gaul. Es war nicht krank mit gesenktem Kopf, sondern wie im Gehen stehengeblieben. Der Verwandte bot ihm auf der Handfläche ein Stück Zucker an, was gelangweilt angenommen wurde. Nach Besichtigung der Hengste stand das Tier noch am selben Fleck. Nun bekam es einen Peitschenhieb. Als spüre es diesen nicht, blieb es stehen. »Was ist mit dem Roß?« fragte jemand. Da machte der Mann jene Handbewegung, die vollständige Hoffnungslosigkeit ausdrückte.

Dank des Berufs und des Autos konnte sie oft den Umweg ins Tal machen. Der Junge spottete über den Beruf eines Bauern mit den nur kleinen Äckern. »Mache eine Gärtnerlehre. Hier wächst ja alles. Man sollte sich spezialisieren!« riet sie und erntete Gelächter. Er werde Zimmermann wie Josef und Jesus, sagte er ein andermal. »Dann müßten wir jetzt eine Lehrstelle suchen!« Dann wollte er Schriftsteller, er sagte, Dichter werden. Dafür brauche er eine Schulbildung, und sie bot sich an, ihn dabei zu unterstützen. Der alte Bauer schrie sie einmal an:

»Hör endlich mit den Ratschlägen auf! Er macht genau das Gegenteil von dem, was man ihm rät!« Die alte Frau meinte: »Wir haben eine große Hilfe an ihm. Wer sollte denn einkaufen oder kochen?« Ja, er sei gutmütig, räumte der Alte ein. Von all den Gegenteilen, die er bevorzugte, ist er allmählich krank geworden.

Während seiner vorletzten Jahre gingen sie einander sogar aus dem Weg. In seinen letzten Jahren war er wieder der gutmütige Mensch, der er versprochen hatte zu werden. Er hat der alten, dann kranken, dann sterbenden Frau geholfen. Kochen, kehren, Geschirr ab- und Wäsche waschen tat er, wie es eben ein selber Hilfsbedürftiger tun konnte. Auch dem alten Mann, dem Bauern, der ihn dann Jahre überlebte, meinte er zu helfen.

Indessen war das Reihenhäuschen fertig, und sie lebten gerne darin. Mittlerweile ist auch das gesunde Mädchen gekommen. Trotz ihrer nun vielen Enkel mochte die Mutter dieses besonders gern. Wie einst die eigenen Kinder wollte sie die Enkelin hören lassen, was auf dem Hof wiehert, muht, bellt, miaut und gackert. Es war höchste Zeit für solche Vorstellungen, denn bald danach gab es weder Kuh noch Huhn. Zu ihr sagte die Mutter: »Jetzt hast du ein schönes Kind! Es sieht dir nicht ähnlich!« Sie lachte gehörig, denn sie sah, wie sehr der Mann sich freute, der die Tochter über alles liebte.

Die Zeit war gekommen, in der man am Luxus teilnehmen wollte. Leute fingen an zu reisen, wenn es auch nur mit einem Zelt war. Ihr Mann war vorsichtig. Er wollte diesen Fortschritt zuerst ausprobieren. Mit geliehenem Zelt fuhren sie, auf die Autos zweier lieber Ehepaare verteilt, gegen Südwesten. Bereits in Liechtenstein verloren sie einander. Die kleine Tochter fürchtete, ihren Vater für alle Zeit verloren zu haben. Am Zeltplatz, am herrlichen Strand des Mittelmeers, fanden sie einander wieder. Trotzdem kauften sie nachher kein Zelt. Vom Ende der zweiten Ferienwoche an ärgerten sie sich übereinander. Der Mann fluchte, wenn sie schon wieder Brosamen und Sand aus dem Zelt fegte. Beide sahen es nicht gern, wie das andere Paar meist die *Bild-Zeitung* las. Zwei der Ehemänner waren eifersüchtig, weil eine schöne Französin den dritten bevorzugte. Sie hatte nämlich an ihren Autokennzeichen erkannt, wo sie herkamen, und diesem, der die französische Sprache ein bißchen beherrschte, immer wieder erzählt, wie glänzend sie gleich nach dem Krieg dort gelebt habe. Sie ärgerten sich auch, daß eine der drei Frauen den kostbaren Brennstoff für Bratkartoffeln verschwendete. Nur die Kinder waren bis zuletzt glücklich. Selbst die liebliche Schweiz bekam bei der mühsamen Heimfahrt einen Macken. Auf einem Rastplatz hatte ein großer Mann einen schmächtigen Jungen am Kragen gepackt. Er schlug und boxte in dessen Gesicht. »Warum so grob?« »Der Chaib ist auf der Flucht«, sagte der Schweizer. Mit der freien Hand zeigte er den Ausweis, der ihn als Erzieher auswies. Schon fast in der

Heimatstadt kehrten sie im Gasthaus ein, in dem sie oft beisammen saßen und auch die große Zeltfahrt geplant hatten. Jetzt mochten sie einander wieder.

Das Mädchen ging bereits zur Schule, als sie wieder eine Reise machten, und zwar an die Nordsee. Es war eine unendlich lange Bahnfahrt. Unendlich kam ihr auch das Meer vor. Sie spürte sofort, wie schwermütig es sie machte. Am Mittelmeer hatte sie kaum einen Gedanken an den halbverlorenen Sohn verschwendet, hier dachte sie dauernd an ihn. Während der Mann und die Tochter sich in Wasser und Sand vergnügten, saß sie am Ufer und schaute in die Weite. Wenn Ebbe war und es unter ihren Füßen gluckerte und quietschte, blies und spritzte, dachte sie an ihn, daß er dies erleben sollte. Aus der Fähre kam eine Schar Burschen. Zwischen ihnen war ein kaum Zehnjähriger, der eine Zigarette nach der anderen rauchte. Seine große Tasche war dickvoll davon. Hatte er gar keine Mutter? Oder hatte eine solche ihn schon aufgegeben? Kaum waren sie wieder daheim, fuhr sie zu ihm ins Tal. Sie gab ihm Geld für Bahnfahrt und Aufenthalt. Die Nordseeluft stärke seine schwache Lunge. Dort erlebe er, wie schön und wertvoll das Leben sei! Für den oder den Freund, der mit ihm fahre, werde sie gerne dazugeben. Er nahm das Geld gierig, lachte aber schallend dazu. »Einen Dreck wird er!« sagte der Bauer. Die Mutter, die sie anschließend besuchte, die ihre Trauer spürte, sagte: »Ewig schade, daß er nicht guttut!« Dann wollte sie von ihrer

Reise wissen. Weder das Meer habe sie gesehen, noch Rom, bedauerte die Mutter. »Auch Neapel nicht«, lachten sie miteinander, nicht Paris, denn ihr werde es wohl ähnlich ergehen, der Mann sei nicht reiselustig. Dies war das letzte richtige Gespräch, das sie mit der Mutter hatte. Nachher waren es nur Krankenbesuche. Jedesmal war irgendjemand mit dabei.

Als die Mutter tot war, begannen die Schwierigkeiten so richtig. Bislang konnten es Besuche bei der Mutter sein, wenn sie verspätet von der Schule kam oder freie Stunden ausblieb. Derweil konnte sie erfahren, welcher Hilfe er dringend bedurfte oder der guten Bäuerin helfen. Dazu kam nun, daß sie am Wohnort angestellt, also nicht mit dem Auto unterwegs war. Schon früh, als sie noch voller Hoffnung war, sagte der Mann dem Buben ein böses Ende voraus. Er wolle von ihm nicht mehr hören! Das war dann wie ein Schwur, den sie leisten mußte: Der Tochter von dessen Existenz nie etwas zu verraten. Sie hielt das Versprechen. Sie sprach nicht von ihm und weinte in den Nächten. Es kam ihr vor, als stehe sie weiter neben sich, neben dem Alltag voller Lügen.

Er hat sein frühes Ende so teilnahmslos hingenommen wie sein Dasein. Er war mit ein paar Dutzend Jahren ein alter Mann, und sie begruben ihn auf dem Dorffriedhof. Seine Mutter weinte zwar heftig, doch weniger darüber, daß er nicht mehr war, sondern weil sie in dieser Rolle so sehr versagt hatte. Die Geschwister ihrer Mutter betreuten dann den Verwandten im hohen Alter. Seinetwegen kam sie sich vor wie eine überflüssige, kranke Henne, ausgepickt von der Schar. Es gehört zu ihrem Leben. Viel lieber hätte sie dies zurückgelassen in längst vergangener Zeit bei den Törichten und den Vergessenen.

Dabei ging sie immer noch zur Schule. Als wäre eine Schuld noch nicht abbezahlt, trieb sie es lange. Das Häuschen war damals primitiv gebaut und eingerichtet worden. Jetzt waren die Angebote groß, und jedermann brauchte Geld. Unterrichten war bei veränderten Lehrplänen schwerer geworden. Auch die Buben sollten in fraulichen Fächern unterrichtet werden. Der Schülerberg wuchs. Und wie ein Berg standen die paar Jahre bis zur Pensionierung vor ihr. Nachts hörte sie die Eule schreien.

Es kam ihr oft die Lehrerin in den Sinn, deren Nachfolgerin sie einmal war, die an den Haaren riß und der die Stunden zu lang waren. An einem Vormittag, die Bubenhorde gehorchte ihr nicht und ließ allerlei Gegenstände durchs Zimmer fliegen, machte sie der Stunde ein vorzeitiges Ende. Sie fuhr in die Nachbarstadt zum Schulamt. Die Herren Schulamtsdirektoren waren anderswo. Der Bürokraft weiß sie ewigen Dank! Die Frau hörte sich den Jammer nicht lange an. »Das könnte ich auch nicht mehr«, sagte sie. Dann klärte sie auf über die Bedingungen eines vorzeitigen Ruhestandes. Sie sagte sogar, wie formuliert es etwa sein müsse. Daß der Schritt ein finanzieller Verlust sei, vergaß sie auch nicht zu erwähnen. Wieder draußen fand sie das Auto eine Weile nicht. Alles außerhalb und in ihr wirbelte und hüpfte. Im Auto mußte sie sich besinnen, wie es zum Laufen gebracht wird. Als der Motor endlich brummte, surrte sie mit, »unzeitig, frühzeitig, vorzeitig«, und das immer wieder. Erst als sie in der Nähe ihres Zuhause war, fiel ihr das Wörtchen »rechtzeitig« ein.

Der Weg

Nun hatte ich viel Zeit. Es waren wöchentlich um die vierzig Stunden, die übrig blieben. Unterrichtszeit, Vor- und Nachbetreuung, Wege, Lehrerrat und Konferenzen rechnete ich zusammen. Das ergab auf fünf Wochentage verteilt etwa acht Stunden täglich. Mein Mann lachte herzlich über diese Rechnung. Er war gspäßig, denn er duldete nie eine fremde Person im Haushalt. Bislang hatte ich die Hausarbeit in kürzester Zeit erledigt. Wie ich aber nun trödeln und penibel sein durfte, war es doch eine Enttäuschung. Auf die blanken Fensterscheiben trommelte bald der Regen. Vordem sagte ich: »In den nächsten Ferien«, und dann konnte man sich am Unterschied erfreuen. Das Unkraut im kleinen Garten störte bald wieder, wo vorher das Beet prächtiges Gedeihen präsentierte. Den ganzen Vormittag gab ich mich mit dünnem Nudelfleck und guter Füllung ab. Nach dem Essen sagte der Mann: »Die fertigen Maultaschen, die du beim Metzger gekauft hast, sind eher besser.«

Es sei um Gottes Willen nichts gegen die guten Hausfrauen gesagt! Sie arbeiten unendlich viel. Mir war die Sicht verdorben.

Tu, was du gerne machst! Handarbeiten. Schon in der Vormittagszeit stickte ich. Bestickte Tischdecken liegen ungebraucht im Schrank. In verschiedenen bekannten Haushalten fahren von mir gehäkelte Deckchen herum. Sie wirken beschämend auf mich, wenn ich sie sehe. Auf die Strickerei verwandte ich die allermeiste Zeit. Und es kamen die Enkel! Alles hatte seine Zeit.

Die Volkshochschule bot einen Malkurs für Anfänger an. Während der Kindertage hatte ich gerne gemalt. Den größeren Schwestern mußte ich Männ- und Weiblein in ihre Zeichnungen malen. Jetzt bekam man einige Tips. Das beste war aber die Frau, die ich kennenlernte. Sie konnte es besser als ich. Wir malten miteinander, bei ihr zu Hause und bei mir, mit Wasser- und mit Ölfarben. Bei keinem Tun aber lernt man so bald und so gründlich seine Grenzen kennen! Wir malten einen Sommer lang, dann fanden wir keine Motive mehr. Auf Drängen des Mannes hängen ein paar von mir gemalte Bilder, zwei Blumensträuße, eine Birke sowie ein Kirchlein, gerahmt an Wänden.

Die großartige Frau, so kann man sie ruhig nennen, bat mich, mit ihr zu flöten. Auf des Lehrers Rat hatten wir als Schüler versucht, auf der Blockflöte zu spielen. Seltsamerweise konnten es bei uns die Brüder besser als wir Schwestern. Das ging mir nach. Die Frau hatte jedoch Geduld. Sie begleitete mit der zweiten Stimme. Leider sind in jedem Jahr die Wochen gezählt, in denen »die Tür hoch gemacht wird« und die »Hirten kommen und laufen dürfen«, auch die Tage, in denen »der Lenz uns grüßen will«. Alle übrigen Jahreszeiten eigneten sich nicht für unser Spiel. Außerdem steckte ich die Flöte in den Sack, sobald der neue Nachbar in den Garten kam oder mein Mann sich der Haustür näherte.

Also, jetzt kann ich endlich zu jeder Tageszeit und ohne Gewissensbisse lesen! Das Gewissen sitzt in der Seele, im Herzen oder dem Gehirn und hat einen Wurm neben sich. Diesen mahnt es manchmal zuzubeißen. Bei Lesenden sind eigenartigerweise Gewissensbisse häufig. Jemand hatte daheim zur Unzeit, etwa um neun Uhr vormittags oder drei Uhr nachmittags, ein Buch vor sich. Sah's der Vater, brüllte er: »Du Faulenzer, lies am Feierabend!« Er konnte einem das Buch auch um die Ohren schlagen. So der Schwester, die, während sie das Mittagessen kochte, Die Heilige und ihr Narr las. Mich erwischte er einmal, als ich am frühen Morgen in Scheffels Ekkehard vertieft war. Nie konnte ich den Hegaubuckel Hohentwiel sehen, ohne daran denken zu müssen. So etwas bleibt lebenslang. Der Vater hatte zwar leicht brüllen, denn seinerzeit stahl das Fernsehen keine wertvollen Feierabendstunden. Bei solchen, die der Bildung oder des Berufs wegen außerhalb des Feierabends lesen, rührt sich der Gewissenswurm natürlich nicht. Auch bei richtigen Leseratten ist er längst totgebissen (von der Ratte). Es kann einem auch so vorkommen, als kratze der Wurm nur. Das geschieht, wenn man Schlechtes, Unnötiges oder Dummes liest.

Mitten am Nachmittag saß ich im Garten neben dem Blumenbeet und las. Der Mann las ebenfalls, derzeit von Fontane, denn er hatte Urlaub. Er saß an der offenen Gartentür. Mir war ein altes Buch in die Hände gekommen. Vor vielen Jahren hatte ich es weggelegt: »Wenn ich einmal Zeit habe!« Das Buch roch muffig. Die Seiten waren von den Rändern her bräunlich. Das Papier war rauh, der Druck groß. Die Geschichte gefiel mir, und rasch war ich bei Seite neununddreißig. Da schoben sich zwei feine, lange, zitternde Stäbchen am oberen Buchrand hoch. Es waren die Fühler eines Insektes. Dann schob der Kopf nach. Sein Rüssel muß in der Vergrößerung furchterregend sein. Die Augen schillerten blaugrün. Ein Ruck! Die Brust des Tieres war auf dem Buchrand. Auch sie glänzte. Ich konnte nachher nicht sagen, ob es je zwei, drei oder vier Beine hatte. Sie erinnerten an die langen, geknickten einer großen Heuschrecke. Die Oberschenkel waren jedoch fein behaart, und die vielen unteren hatten scharfe Krallenfüßchen. Es ließ mir Zeit zum Anschauen. Dann wieder ein Ruck! Das ganze Insekt saß auf dem Rand. Sein Hinterleib war häßlich und wurmartig. Zum Glück bedeckten grünblau glänzende Flügel dessen Oberseite. Das Insekt war größer als eine Hornisse.

Es gehörte aber nicht zu deren Gattung, denn die Wespen sind unruhige Tiere. Dieser Kerl saß eine Weile ohne Bewegung. Plötzlich rückte er ein bißchen vor. Zu meinem Erstaunen lief er seitwärts, dem Buchrand zu. Dort zuckte er, ging einige Millimeter vor, um dann in seiner seltsamen Gehweise zur Mitte des Buches zu kommen. Über den Wall wollte er nicht, so ging er im Seitwärtsgang erneut dem Rand zu. So ging er vor, her und hin. Jetzt lachte ich, denn es sah aus, als lese er. »Du liest die Zeilen auch von hinten, und die Buchstaben stehen für dich auf dem Kopf!« »Was ist los?« fragte der Mann. »Komm! Ein Käfer!« »Ach du und die Käfer, schlag ihn halt tot.« Das konnte man gewiß nicht. Er war jetzt über der Hälfte der Seite. Was wird er machen, wenn er mir auf die Hand rückt? Ich schüttelte das Buch. Dann blies ich ihn an. Er klammerte sich jedoch fest am Papier. Nun pflückte ich eine Margerite, um ihn zu stupfen. Das gefiel ihm nicht. Nach Art der Skorpione richtete er den Hinterleib auf und zeigte einen weißen Stachel. Ich fürchtete ihn. Vielleicht hatte er den dicken Leib voller Gift! Derweil ging er weiter, als müßte er die Seite neununddreißig zu Ende lesen. Ich pflückte eine Kornblume, deren Stiel hart ist, mit dem ich den Kerl wegschleudern könnte. Bevor ich ihn damit berührte, schwirrte und glitzerte es. Er flog davon wie ein Vogel. Benommen klappte ich das Buch für endgültig zu. »Wahrscheinlich ist der Käfer giftig«, sagte ich zum Mann, doch er lachte nur.

Eigentlich wollte ich in der Bibliothek nachsehen, was das für ein fremder Geselle war. Auf einmal wollte ich es nicht mehr wissen. Ich konnte ihn aber nicht vergessen. Es war ein schöner Sommer, lange Tage mit ungenutzten Stunden. Es folgte nicht eines abrupt dem anderen! Als ich noch zur Schule ging, die Hitzen mich überwallten, ich nachts schlaflos lag und die Eule schreien hörte, fing es an. »Mit was denn?« »Eben mit den Depressionen«, antwortete ich denen, die danach fragten. Ich mochte nur noch wenig essen und verlor an Gewicht. Seit aber der seltsame Käfer mich besucht hatte, wußte ich die Schlaflosigkeit wie die verzweifelten Tagesstunden besser zu ertragen. Er war wie ein Bote gewesen mit einer Botschaft aus fernen Tagen. Nun konnte ich die leeren Stunden mit Gedanken an »früher« ausfüllen. An die früheren Jahrzehnte, die Stätten der Heimat, die Vorfahren und Verwandten, an Vater und Mutter, an die vielen Geschwister hatte ich zu denken. Die krassen Veränderungen aller Lebenslagen in nur kurzer Zeit beschäftigten meine Gedanken. Die Toten ließen mich nicht los.

Dann drängte es mich – die Schwalben zwitscherten zum Abschied – manches schriftlich festzuhalten. Dabei wunderte ich mich, wie groß die Lust war, dies zu tun. Den Haushalt machte ich wieder im Handumdrehen. Bereits am frühen Morgen spitzte ich die Bleistifte, um das zu schreiben, was mich nachts überfiel. »Fabulieren«, hieß ich's, wenn der Mann nach meinem Tun fragte. Bald vermischte sich nämlich Wahres mit Erdachtem, Vergangenes mit Gegenwärtigem. Er schüttelte den Kopf.

Es entstand die Geschichte vom »Rabenkrächzen«. Als der neue Sommer da war, schrieb ich immer noch daran. Es gefiel mir an der offenen Gartentür. Als die Schwalben wieder vom Abschied schwatzten, hatte ich's gewagt mit der Öffentlichkeit. Die Jahre will ich nun nicht benennen, ebenso nicht die Namen der Menschen, die mir beim Schritt geholfen haben. Ich wußte und weiß ihnen großen Dank.

Die Verwunderung über den Erfolg, den das Buch hatte, war natürlich groß, bei mir selber wie in meiner Umgebung. Sehr schöne Kritiken standen in Zeitungen. Und dann fiel ich aus allen Wolken, vielmehr vom Himmel auf die nackte Erde. Jedem der Geschwister (wir waren noch acht) hatte ich ein Exemplar geschickt. Einige sprachen sich überrascht, auch lobend darüber aus. Eine Schwester schwieg. Den anderen Büchlein ist es schlecht ergangen. Von wortlos in den Briefkasten zurückwerfen bis zerstampfen und zerreißen, auch an die Wand schleudern, mußten sie erleiden. Wie aus einem Schlaf gerissen erschrak ich über das, was ich geschrieben hatte. Sie nannten es eine Frechheit. Nun darf ich nicht sagen, das ganze Dorf oder die ganze Gemeinde sei aufgebracht gewesen, doch es waren viele Personen, die dagegen lärmten. Was war es denn, das sie aufbrachte? Von der Heimat und deren Leuten darf nur lobend geschrieben werden! So war man es gewohnt. Obwohl ich die Namen geändert hatte, mußten manche sich erkennen. Das war ein Ärgernis. Wer sich nicht erwähnt fand, ärgerte sich ebenfalls. Die Wahrheit darin zu entdecken, hießen sie eine himmelschreiende Zumutung. Was dieser nicht entsprach, sei ebenso eine Unverschämtheit. Schriftlich und am Telefon ließ man mich's wissen. Der Mann tröstete: »So geschieht es dir recht!« Ein Pfarrer rief an: »Diese Familie derart bloßzustellen ist unerhört!« Und er nannte deren Namen. Es war eine mir ganz unbekannte einer fremden Pfarrei. »Also habe ich es doch getroffen«, lachte ich.

Bald hatte ich mit dem Echo auf mein Schreiben mehr Freude als Kummer. Aus Norddeutschland und aus fernen Städten bekam ich Post. Sie kam meist von Leuten, die aus der oberschwäbischen Gegend stammten, die versicherten, ich hätte ihnen Heimat gezeigt. Oder umgekehrt: Menschen, die aus anderen Gegenden kommend hier lebten, sprachen sich darüber aus, daß sie nach der Lektüre die Hiesigen besser verstehen lernten. Natürlich hatte ich von berufener Seite auch harte, böse bis bissige Kritik zu ertragen. Dann suchte ich darin Berechtigungen. Ich bekam den beachtlichen Preis. Je mehr Anerkennung, desto stiller sind die Verteufler geworden. Sie sagten sogar Maria zu mir.

Das Schreiben ließ mich aber nicht mehr los. So war ich bald dabei, von den alten, ledigen Mädchen zu erzählen. Nach Erscheinen dieser Geschichten bekam ich eine

Leserpost, die mich zu Tränen rührte. Ein Mann gab sein Alter an, er sei ledig, mit gutem Auskommen sowie mit eigenem schönen Haus. Ob es nun Helene oder Klara sei, er würde gerne eine von ihnen heiraten. Dann beschäftigte mich die Gestalt »Hermine«. Einiges, das sie prägte, konnte ich damals noch nicht nennen. Trotzdem bekam das Büchlein ein wunderschönes Nachwort, das mich wiederum glücklich machen konnte. Meine Schwestern sagten: »Wir waren mit dabei.« Ein Herr des Verlages meinte: »Diese Großmutter ist wohl erfunden!« »Die Menschen haben zwei Großmütter«, fiel mir als Antwort ein. Bei den vielen Schwestern, die wir waren, mußte eine schöner als die andere, eine angesehener als die andere sein. Vielleicht gelang es mir, solche Unterschiede in nur Zweien darzustellen, auch die Leute, die sonntags zur Kirche kamen, viele nahe und entfernter wohnende Nachbarn, deren Eigenarten und Schicksale beschrieb ich. So kam es mir vor, als sei der Brunnen unerschöpflich, aus dem zu schildern war. Eine gescheite, ehrliche Bekannte sagte mir: »Dieses Buch hättest du besser nicht geschrieben!« Ein andermal: »Hör auf damit!« Das Aufhören war außer meiner Macht. Obwohl ich ihr zustimmen mußte, verirrte ich mich weiterhin, nach München, nach Stuttgart, sogar nach Österreich. Zuletzt mußte ich mich in der nächsten Umgebung, dem Reihenhäuschen in der Stadt, umsehen. Manche Nachbarn meinten, ich könne ganz gut dichten. Einer von ihnen sagte aber zu mir:

»Alles ist wahr!« So trieb ich's etwas mehr als zwei Jahrzehnte lang. Dafür bekam ich noch einmal einen ansehnlichen Preis. In der Heimatstadt veranstaltete man ein Festchen zu meinem hohen Geburtstag.

Ein richtiges oberschwäbisches Kind sagt »nimme« anstatt »nicht mehr«. Im Dorf war ein Bub, dem sogar dieses Wörtchen zu schwer auszusprechen war, er sagte: »memme«. In der Schule tat er sich besonders schwer mit dem Lesen. Der Lehrer verordnete, daß er jeden Abend das oder das Stückchen aus dem Schulbuch vorzulesen habe. Sobald ihm aber die Schwester, die ihn beaufsichtigte, den Rücken kehrte, rannte er davon. Er lief zu den Kindern, die abends spielen durften. Jedesmal sagte er: »Memme lesen!« An diesen Memme, das ist zu seinem Namen geworden, dachte ich des öfteren. Was mir Mühe machte, waren die Lesungen, die dem Schreiben nachzogen. Es war wie beim Unterrichten in der Schule, manche Stunden gelangen, andere nicht. In der Schule war man zwar seines Publikums sicher. Jetzt kam es vor, daß ein Leseraum halb leer war oder nur eine Stuhlreihe mit Leuten besetzt. Es gab aber auch oft volle Säle. In beiden Fällen bekam ich dabei ein bedrückendes Gefühl oder übles Empfinden nicht los: Sie müssen von meinem Äußeren enttäuscht sein, ich hintergehe sie, ich führe sie an der Nase herum, ich habe den falschen Text gewählt, sie bereuen, daß sie herkamen, und die Veranstalter, daß sie eingeladen haben. Darum wunderte ich mich nicht sehr, wenn Zuhörer während der Lesung wegliefen. Einmal, es war ziemlich anfangs meiner Lesungen, kam es in der Nachbarstadt zur Katastrophe. Ein Bekannter aus der Heimat zählte öffentlich die Schandtaten der Nestbeschmutzerin auf. Es war einer meiner alten Schulkameraden, der sich zu Wort meldete. Er hatte eine schöne, kräftige Stimme. Darum war er in der Schule Vorsprecher, später in der Kirche Vorbeter. Ich und eine meiner Schwestern haben ihn verehrt. Aber jetzt erhob er die Stimme, um die ganz zu Unrecht Erhobene niederzuschmettern. Er zählte ihre Schandtaten auf, manches Wahrheit, anderes Verleumdung. Die größte Nestbeschmutzerin! Ich konnte nichts dagegen sagen. Eine gescheite Begleiterin, die mit der Presse zu tun hat, überging seine Gehässigkeit. Wahrscheinlich hat er (Gott hat ihn schon jahrelang selig) für sich und seinesgleichen bessere Folgen des Protestes erwartet. Vom Skandal noch benommen mußte ich anderntags in einer Anstalt im Bayrischen eine Lesung halten. Ich konnte nur denken: Das ist die letzte! Im großen Haus zeigte man mir zuvor mein Bett. In der vergangenen Nacht habe der Bischof darin geschlafen. Dann konnte ich wieder lachen und weiteren Lesungen zusagen. Ungute Begebenheiten bei Lesungen wirkten zum Glück nicht lange nach. Umso mehr darf ich der guten gedenken. Viele Menschen waren freundlich. Gute, kluge wie interessante Leute habe ich kennengelernt. Alle haben sie meinen Lebensweg bereichert, und der Gang ist, meine ich, durch eine dafür günstige Zeit gegangen.

Wenn ich meinte, der Weg sei zu Ende und ich sei an einem Ziel angelangt, so muß ich mich sogleich korrigieren.

Das Ziel

Der Marathonläufer hat sein Ziel erreicht. Das letzte Stück, das er gelaufen ist, wird ihm unvergeßlich sein. Die Füße haben geschmerzt. Die Beine waren schwer und verkrampft. Er mußte dringend auf die Toilette. Vielleicht war ihm speiübel. Das Herz raste. Der Atem keuchte. Die Augen brannten vom Schweiß. Der Kopf tat ihm weh. Er dachte an die nächste Sportveranstaltung, so ist er noch nicht am Ziel.

Die Nachbarinnen staunten, so sagten sie, wie gut ich allein den Haushalt schaffe, wie rasch ich noch gehe, wie leicht ich schwere Einkaufstaschen trage. Eines Tages ging ich schnellen Schrittes den ziemlich weiten Weg vom Einkauf heimwärts. Es war kalt und regnete. In der Linken trug ich den Schirm, in der Rechten die Tasche. Plötzlich fiel ich mit Wucht auf den Gehweg. Nachher habe ich geschaut, worüber da zu stolpern war. Nicht das kleinste Hindernis! Ich fiel hart. Der Schirm lag aufgespannt umgekehrt in meterweiter Entfernung. Aus der Einkaufstasche waren Milchdosen, die Salatölflasche und der Brotlaib gerollt. Ein jüngerer Mann kam, mir zu helfen. Sofort fiel mir auf, welch schönes Gesicht er hatte. Nie vor- oder nachher habe ich ihn gesehen. Meinem Mann erzählte ich nachher von dem ebenmäßigen Antlitz. »Als ob das eine Rolle spiele«, spottete er. Der Fremde half mir auf die Beine. Es war nicht einfach, denn ich stellte mich steif und schwerfällig an. Ob er Hilfe anrufen solle? Nein, nichts war gebrochen. Er putzte meine Jacke, drehte den Schirm richtig und las die Lebensmittel in die Tasche. Es waren mehrere Leute des Wegs. Nur er schaute, wie ich weiterging. Ich winkte zurück. Beide Knie und die Handflächen waren blutig. »Ist nicht schlimm«, sagte ich. »Paß besser auf!« schalt mein Mann. Was war es denn? Schon oft ist jemand hingefallen! Von da an fühlte ich mich aber unsicher, im Haus wie auf der Straße. Ich konnte nur noch langsam gehen. Von der längst verstorbenen Schwiegermutter war ein Spazierstock im Haus. Mit diesem ging ich, wenn ich allein nach draußen mußte. Wir schafften ein Einkaufswägelchen an, doch ich war froh, daß der Mann anfing, die Einkäufe zu besorgen. »Man wird nicht langsam alt, sondern von heut auf morgen«, sagte ich zu ihm und brachte den Sturz nicht aus dem Sinn. Trotzdem, trotz vermeintlicher Vorsicht, fiel ich immer wieder. Von der Haustreppe fiel ich auf die Gasse, von einem Gartenbeet ins andere, dem Enkel voran stolperte ich in eine Tiefgarage. Dabei brach ich das rechte Handgelenk wie das Jochbein. Nichts fand ich beschämender als das »Hinfallen«. Dieser oder jener sah die Alte auf der Erde liegend, die sich allein nicht erheben konnte. Er mußte ihr aufhelfen. Es dauerte jedesmal Tage, um mit der Schmach umzugehen und weiterzutasten. Ich konnte in der Erniedrigung nur dem Stein, dem Gitterrost, dem Teppich oder dem Glatteis die Schuld zuschieben. Die »Hinfälligkeit« blieb mir bis weit in das alte Leben. Auch die Hausarbeit ging mir zusehends weniger flott von der Hand. Falsch gewählte Waschprogramme wie überhitzte Kochplatten. »So etwas kommt vor«, sagte mein Mann. Als aber die Kartoffelknödel, von denen er sonst meinte, ich mache sie trefflich wie die Mutter seiner ersten Verlobten, zerfuhren, empfahl er: »Koche Schalkartoffeln!« Linzertorte habe ich stets gern gebacken. Doch eine wollte nun nicht aus dem Blech: sie zerbröselte. Ich jammerte: »Das ist der letzte Kuchen, den ich gebacken habe.« »Du und das Letzte!« spottete der Mann. »Das letzte Paar Socken hast du gestrickt, und das letzte Buch hast du geschrieben.«

Er wollte an der Nordsee Urlaub machen. »Allem davonlaufen«, dachte ich und ging gerne mit. Nach der langen Bahnfahrt gingen wir zum Strand. Es war Abend, Ebbe und Stille. Im Sand stand ein hoher, stählerner Turm, ein Denkmal für gefallene Seeleute. Mein Mann flüsterte Namen. Er war damals bei der Marine. Ich wußte den eines Schulkameraden, der mit der Bismarck unterging. Das Meer hörten wir nur in der Ferne. Am anderen Tag wußte ich, daß der Spaßverderber mitgekommen war. Seit dem Frühstück, als die Gäste sich die Teller volluden, war mir übel, als sei ich seekrank. Den ganzen Tag konnte ich nichts essen. Am Strand war aber Flut und das Meer schön. Das Ehrenmal stand im Wasser und schaute übermütig über die Wellen. Am nächsten Tag konnte ich mir zum Abendessen Käse vorstellen, im Geschäft verlangte ich mageren. Die Ladeninhaberin starrte mich an, als wäre ich ein Totengerippe. Mein Mann rettete die Situation, indem er sagte: »30%-igen«. »Wir führen nur Sonntagskäse!« »Und heute ist's Montag«, murmelte ich. Bereits vor Jahren mochte ich diese Nordseefrauen nicht sehr, die großen, üppigen, rotgesichtigen, blonden. Am anderen Tag gingen wir auf dem Deich. Ohne Stock! Das Gehen ging so leicht, wie ich es lange nicht mehr konnte. Wolken und Wellen trieben vorbei. »Am liebsten möchte ich rennen!« »Paß auf den Schafsdreck auf!« sagte er, und bald nachher: »Wir müssen umkehren.« Jetzt vermißte ich den Stock. Ich kam kaum voran. Der Wind war stark geworden. Es fing an zu regnen. Der Regen fiel aber nicht vom Himmel, sondern peitschte vom Meerwasser gegen uns. Der Mann zog mich mehr, als daß er mich führte, vom Deich herunter zu einer uns von einst bekannten Bushaltestelle. Eine Viertelstunde mußten wir warten. Das Dächlein der Haltestelle nützte bei solchem Regen nichts. Kein Haus mit einem Vordach zum unterstehen gab es hier. Bald waren wir durchnäßt. Ich fror jämmerlich. Im fremden Bett war mir fiebrig heiß. Am Donnerstag (statt Samstag) schleppte ich mich mit wehem Hals und triefender Nase zum Bahnhof. Ich schaute nicht dorthin, von wo man den Deich hätte sehen können. Nach Wochen fragte eine Bekannte, wie es an der Nordsee war. Ich wollte vom Gegenwind erzählen. Der Mann schnitt mir aber das Wort ab. »Sehr schön«, sagte er, wie alle zurückgekehrten Urlauber, außer es hatte in der Ferne Tod und Teufel gegeben. Ich hatte in der Stadt zu tun. Am Platz, an dem täglich die Omnibusse mit den Ausflüglern stehen, sah ich einer Reihe alter Männer beim Einsteigen zu. Es ging recht langsam voran. So sah ich am Ende der Schlange einen Herrn und wußte sofort, daß er es ist. Als wir jung waren, hatten wir miteinander Kirschen gegessen. Er musterte und erkannte mich, des war ich gewiß! Er mußte aber wegsehen, dann hastig einsteigen. Als er im Bus hinten am Fenster Platz nahm, fuhr dieser los, nah an mir vorbei. Ich winkte heftig. Die alten Männer winkten lustig zurück, als hätte der Gruß allen gegolten. Nur jener Mann winkte nicht. Am Bus sah ich das Kennzeichen der Stadt, in die er damals ging. Warum gönnte der Alte mir diese kleine Freude nicht? Sie paßte einfach nicht in diese ungute Zeit. Beim Fernsehen geriet mein Mann an eine Modenschau. »Du hast tagtäglich denselben Pullover an«, meinte er. Das Textilgeschäft, in dem ich seit Jahren eingekauft, hatte den Besitzer gewechselt. Nichts war es mehr mit der netten Einkaufsstimmung, in der einem die Wahl weh tat. Lange Stangen hingen voller gleichfarbiger Pullover, Rollkragen seien zudem in Mode. Das Fräulein riß einen Arm voller gleichfarbiger Pullover an sich und drängte zur Ankleidekabine. »Danke«, konnte ich noch rechtzeitig murmeln. In vier Geschäften ging es mir so, gerade, als ob alle Menschen denselben Geschmack hätten, als ob alle Frauen gertenschlank und jung seien. Endlich sah ich in einem Schaufenster das richtige und war erfreut, daß es paßte. Als es ans Bezahlen ging, erschrak ich. Für dieses Geld könnte man ein Kostüm samt Schuhen kaufen! Bedrückt ging ich heimwärts. Immer wieder schaute ich in die Tüte, ob denn das Ding so viel wert sei. Ein freundlicher Herr fragte, ob ich etwas vergessen oder verloren hätte. Erwartungsgemäß erklärte mein Mann mich für verrückt. Die Textilgeschäfte müssen Zauberspiegel haben! Haut und Haare glänzen. Man sieht sich darin jung und schlank. Jedes Gewebe und Gestricke sieht edel aus. Daheim im Spiegel ist es anders. Der Mann tröstete: »Dunkelgrau gefällt mir.« Übermüdet vom Einkauf wie von der überzogenen Ausgabe konnte ich nicht einschlafen. Es war weit nach Mitternacht, als ich den Neuen nochmals anprobierte. Ich legte die Perlenkette dazu an. Jetzt war er schön! Das Glitzern der Perlen auf dem Tischchen, es war eine mondhelle Nacht, ließ mich noch eine Weile nicht schlafen. Der Mann kam herein, wo denn das Frühstück bleibe? »Was macht die Kette vor dem Spiegel? Sie gehört in die Schatulle!« Lachend langte ich nach dem Tagtäglichen. Mit dem Einkauf eines Ersatzes werde ich warten, bis die Tochter in der Nähe ist.

Sie kam mit der Familie zur rechten Zeit in unsere Nähe. Sie konnte mir allerlei Mißhelligkeiten leichter ertragen helfen. Eine Krankheit schlich sich nämlich langsam, aber stetig heran. Das beste Essen wollte nicht mehr schmecken. Zuerst bemerkte ich's in Gasthäusern. Wir kehrten nämlich abends gern mit Bekannten hier und dort ein. Warum ich nichts bestelle? Ich hätte keinen Hunger, habe schon gegessen, müsse Diät halten. Derweil lief ich, sobald ein voller Teller kam, zur Toilette, um den Widerwillen auszuspucken. Bald fing es auch zu Hause, bereits beim Frühstück, damit an. So lange ich zubereitete und den Tisch deckte, war ich hungrig, sah ich die Speisen, begann das Würgen. Der Tochter süße Quarkspeisen, deretwegen sie kilometerweit fuhr, und abends ein Bier fand ich allein genießbar. So verlor ich ein Kilo nach dem anderen. Gründliche Untersuchungen wiesen nicht, und dann doch darauf hin. Als sich nichts bessern wollte, überwies mich der gute Doktor ins Krankenhaus. Allmählich glaubte ich, daß ich von der Krankheit, die vielerlei Erscheinungsformen hat und an der viele Menschen vorzeitig sterben, befallen sei. Der Gedanke war mir tröstlich.

Das Krankenhaus hat eine schöne Lage. Von manchen Zimmern, wenn das Bett am Fenster steht, hat man eine herrliche Sicht auf den See, manchmal auf die Berge drüben. Je nachdem kann man die Sonne auf- und untergehen sehen, weiß also, wo Osten und wo Westen ist. Einen solchen Platz bekam ich. Manchmal holten sie mich samt Bett in unschöne Räume, an Geräte, die an Mostpressen und Raketenabschußrampen gemahnten. Wieder zurück, stand Frau Kirchmann am Fenster. Von hinten, im Klinikhemdchen, sah sie nett aus. Vorne hatte sie ein böses Gesicht. »Warum haben Sie den Fensterplatz? Was fehlt Ihnen denn?« Das wußte ich leider noch nicht. Sie sprach von ihren vielen Krankheiten und Operationen. Ich gab zu, daß ihr der Fensterplatz gebühre. Sie wurde entlassen und eine neue Frau Kirchmann hatte das Bett am Schrank inne. Sie saß tagsüber und grustelte in Plastiktüten. Entweder holte sie daraus Äpfel und Brötle, denn Weihnachten war noch nicht lange her, oder kleine Gegenstände wie Nadelkissen, Topflappen, Deckchen. Alles war von ihr selber akkurat gefertigt, einfarbig, meliert, mit Streifen und Zäckchen. Jedem neuen Gesicht streckte sie ein solches Geschenk entgegen. Eine Schwester kam aus längerem Urlaub. Sie nahm von Frau Kirchmann nichts an. »Alles, was man übertreibt, ist von Übel«, sagte sie. »Statt wie eine Verrückte zu häkeln, hätten Sie besser ein lustiges Buch gelesen!« Ich fühlte mich mit ihr doppelt getroffen:

Erstens, weil ich zu viel gehäkelt und zweitens kein lustiges Buch geschrieben hatte. Solche sind nämlich rar. Wegen der Appetitlosigkeit hatte Frau Kirchmann großes Mitleid mit mir. »Probieren Sie doch diesen Auflauf!« Anderntags: »Die Bratwurst ist prima!« Sobald ich einen Deckel lupfte, überkam mich der Ekel. Die Wurst lag im Kartoffelbrei und war zudem mit Spinat verschmiert. Um alles in der Welt konnte ich nicht davon essen. Infusionen und der Tochter Quarkspeisen hielten mich wohl am Leben. Man warf das Lasso nach ein paar Gallensteinen. Diese stellten sich als rein unschuldig heraus. Nach langer Bettruhe bekam ich über Nacht Rückenschmerzen, wie ich solche nicht kannte. Jetzt jagte man mich durch langweilige Flure. Die Reha war die Rettung. Diese Wochen konnten weder den Graus vor der Nahrung noch die Kreuzschmerzen tilgen. Wegen dieser bin ich kleiner und bucklig geworden, wegen ersterem wollte ich sterben. Mit des Doktors und der Tochter Hilfe lebte ich.

In diese Zeit fiel die bereits erwähnte, wunderbare Preisverleihung. Diese war in jenem Ort zugleich ein rechtes Heimatfest. Die große Festhalle war voller Menschen. Ein bekanntes Schriftstellerehepaar, das mir seit Jahren angebrachten Tadel wie liebes Lob wußte, wollte mich kaum erkennen, so schlecht wie ich aussah. Eine Laudatio, die mich zu Tränen rührte. Sie waren aus Amerika gekommen, sie, die meine Hermine übersetzten! Dem

Herrn Minister, der neben mir saß, der mir dann den Preis übergab, zitterten die Hände. Ich hätte gerne gewußt, warum. Der Bürgermeister des Ortes, in dem jener Dichter eine Weile lebte, war ein derart netter Mann, daß ich mich in ihn verliebt hätte, wäre ich gesund und jung gewesen. Er kündete dem Publikum an, die Preisträgerin wolle sich nun bedanken. Sie hätten mich aber aufs Podium schleppen müssen, so elend war mir. Vom »Dichtermähli« konnte ich ein bißchen essen, denn es war angepaßt mager. Mit der Lesung am Vorabend, die mit Hilfe des Schwiegersohnes gelang, war es jedoch ein Fest, das in mir nicht nur das Gefühl aufkommen ließ, es sei zu viel der Ehre, sondern auch das, ein Ziel sei erreicht.

Der gute Arzt benannte die heftigen Kreuzschmerzen. An dieser Krankheit sterbe man nicht. Er lachte sogar manchmal, wenn ich diesen Gedanken äußerte. Er hatte jedoch genug zu helfen, denn je weiter das Jahr fortschritt, desto tröstlicher schien mir ein Ende. Die Tochter fand für ihren Vater, in ihrer Nähe, eine kleine Wohnung. Ich wollte diese sowie den bevorstehenden Umzug, ebenso meine Angehörigen nicht mit meinen Dingen belasten. Darum kamen Urkunden, Dokumente, Manuskripte, Erstausgaben, Kritiken, Zeitungsberichte, Photos und Gott weiß, was alles, in einer Kiste zur Stadtbibliothek. Dem netten Herrn, der sich deswegen Mühe machte, bin ich ewig dankbar.

In derselben Januarwoche wie ein Jahr vorher mußte ich wieder ins Krankenhaus. Diesmal bekam ich keinen Fensterplatz und das war mir gerade recht. Im Bett an der Tür war der Weg zur Toilette nah. Man hatte nichts mit der Sonne und mit der Heizung zu tun. Die Gewohnheit der Ärzte ist, die Visite bei den Patienten am Fensterbett zu beginnen. Derweil kann sich der am Schrank schön zurechtlegen sowie sich überlegen, was er dem Doktor sagen will. Frau Kirchmann am Fenster war schrecklich heiß, mir dagegen war kalt. Die Schwester tat eine zusätzliche Wolldecke über mich. Leider hatte diese Fransen, die mich im Gesicht kitzelten. So klagte ich dem Arzt: »Es fehlt mir die Kraft, die Decke wegzuschieben.« Er lachte und meinte, Frau Kirchmann und ich sollten ein bißchen Temperatur austauschen. Wieder einmal hatte ich das Ungeschickteste gesagt! Meine Kälte wie deren Hitze nahmen ab. Die nächste Frau am Fenster sagte zu mir: »Sie müßte ich doch kennen!« »Kennen Sie den nicht?« »Das müßte Ihnen bekannt sein!« Derart begann Frau Kirchmann viele ihrer Sätze bis in die Nacht hinein. Um Mitternacht wachte ich wieder auf und hörte etwas. Hoch über mir war ein Geschnatter, in dem ein Singen klang. »Es sind hungrige Entenvögel, die wegen der Kälte vom See ins Land fliegen«, dachte ich. Danach lag eine schwerkranke Frau am Fenster. Bei ihr gluckerte stets ein Wasser. Es hörte sich an, wie bei uns daheim der Bach, da, wo es beim

Gumpen strudelte. Ich wähnte mich stundenlang dort. Es war noch nicht ganz Tag, schoben sie Frau Kirchmann hinaus. Nachher fragte ich, ob diese gestorben sei. »Über andere Patienten sagen wir nichts«, schnauzte eine Schwester mich an. »Kann mir egal sein«, murmelte ich. Den Einzug der nächsten bekam ich nicht mit, denn sie hatten mich geholt. Als ich zurückkam, erschrak ich gewaltig, es war nicht dasselbe Zimmer. Bisher lag ich mit den Füßen nach Osten, jetzt gerade umgekehrt. Auch die neue Frau lag verkehrt. Die Morgenmäntel hingen jedoch richtig gegenüber den Betten. Ich erinnerte mich, wie bereits einmal im Leben alles auf der falschen Seite war. Es wird sich, wie damals, in Ordnung drehen! Das schöne Relief des Gekreuzigten an der Wand war gottlob noch genau vor meinem Gesicht. Beim vorjährigen Krankenhausaufenthalt, vom Fensterplatz aus, war mir ein solches nicht aufgefallen. Jetzt aber gefiel mir, wie dezent der Künstler die Seitenwunde des toten Jesus im Metall darstellte. Daheim, im Tischwinkel, war der Leichnam Jesu aus weißem Porzellan, das Blut aus der Seitenwunde hochrot aufgemalt. Ich wagte nie, jemand zu sagen, wie sehr das mich anekelte. Der jüngsten Schwester, die unsere Gärtnerin, also für Blumensträuße zuständig war, muß es ähnlich ergangen sein. Je nach Jahreszeit stellte sie hohe Palmkätzchenzweige, lange Osterglocken, riesige Sonnenblumensträuße, langstielige Dahlien und Gladiolen vor das Kreuz. Höchstens die Dornenkrone war noch zu sehen. Am leichtesten hatte sie es im Winter mit den Tannenzweigen. Die jetzige Frau Kirchmann war sehr unruhig. Sie setzte sich im Bett auf, dann auf die Bettkante, sprang auf die Füße, lief zur Tür, wieder zurück, saß auf den Stuhl, kroch wieder ins Bett. Sie hatte starke Kreuzschmerzen. Ich sprach ihr mein Beileid aus, ich wisse um solches Rückenweh. Immer wieder wollte ich sie trösten: Solche Schmerzen können einen zwar kleiner und bucklig machen, man sterbe aber an dieser Krankheit nicht. Der Doktor könne gute Schmerzmittel verschreiben. »Und, oh Wunder! Seit ich hier liege, spüre ich nichts mehr!« Frau Kirchmann solle die Hoffnung nicht fahren lassen! Sie wollte meinen Trost nicht hören. Ihr Kreuzschmerz sei namenlos, kein Mediziner könne ihr helfen. Nach einem Mittagessen durfte sie von ihrem Sohn abgeholt werden. Ich wüßte heute noch gerne, wie es ihr weiterhin erging. Sie war jünger als ich.

Nun freute ich mich, daß ich allein im Zimmer war. Draußen wurde es früh Nacht, und diese Dunkelheit kam mir tröstlich vor. Zur Schwester sagte ich: »Meinetwegen kann man das Licht sparen.« Sie äffte mich nach: »Meinetwegen! Meinetwegen aber nicht!« Mir fiel ein: Ihretwegen, deinetwegen, seinetwegen, unseretwegen, euretwegen … Wenn das Licht nicht störte: Lichtquelle, Lichtschein, Lichtjahr, Lichtblick, Lichtung, lichtscheu … Blödsinn! Nun fiel mir ein Erlebnis aus dem fünften

Schuljahr der Volksschule ein: Der Lehrer schrieb als Hausaufgabe: »Wortfamilie fahren!« Ich wußte die ganze Schreibseite der Schiefertafel voll. Damit die letzte Linie beschrieben sei, mußte ich ein paar ausgefallene Worte heranziehen. Wir hatten einen weiten Schulweg, waren aber meist zu bald da. Ein paar Faulenzer wollten, wie schon oft, auf der Schulhaustreppe von meiner Tafel abschreiben. Der Lehrer lächelte ein bißchen, lobte mich aber, weil ich so viel wußte. Bei jenen Buben stutzte er und verglich. Es stand bei ihnen wie bei mir: Fährte, Furt, Furz. Ich bekam, wie die Abschreiber, zwei saftige Tatzen. Diese brannten lange auf den Fingern, darum habe ich sie nicht vergessen. Jetzt ärgerte ich mich, daß ich diese wertvollen Stunden des Alleinseins mit solchen Dummheiten (denn die ganze Fahrensfamilie hatte ich aufgezählt) verbracht hatte.

Die Nachtschwester fragte mich, warum ich denn nicht schlafe. Sie konnte nicht wissen, wieviel ich zu bedenken habe. Die Tochter, die mich täglich besuchte, mußte ein paar Tage wegfahren. Nachher könne sie mit einem Arzt reden. Ich hätte eine Pilzkrankheit. Zu mir hatte der Doktor dies nicht gesagt. Vielleicht war ich so verdreht wie mein Bett? So mußte ich wegen der Pilze in die Kindheit zurückfahren. In unseren Wäldern wuchsen wenig Pilze. Wir suchten und aßen nie welche. Alle waren sie giftig! An den Feldrändern und im Obstgarten stand aber dieser und jener Baum, an dessen Stamm

Pilze wuchsen. Wir nannten sie Schwämme. Waren wir mit Stecken bewaffnet, schlugen wir auf diese ein, daß sie nach allen Seiten spritzten. Kam man wieder dorthin, wucherten sie ärger als vorher. Es waren häßliche, gelbe, helldunkelbraune Gebilde mit, oder meist ohne Stiel. Den Apfelbaum, in dessen unterer Stammhälfte, befielen sie gern und ließen ihn krank werden. Dieser trieb im Frühling dann kaum Knospen und Blüten, sein Blattwerk war kümmerlich, die paar Früchte im Herbst waren schrumpfig und schmeckten fad. Je weiter das Schwammgewucher den Baumstamm umfaßte, desto elender war er, um schließlich ein toter Storren im Obstgarten zu sein. Unser Vater war kein fortschrittlicher Bauer.

Mein Krankenbett hatte einen feinen Mechanismus. Man konnte sich hoch sitzend bis flach liegend betten. In dieser Nacht probierte ich alle Lagen aus und wähnte mich einen sterbenden Baum. Am andern Vormittag, gegen elf Uhr, schoben sie die nächste Frau Kirchmann herein. Ich konnte sie nicht sehen, denn ihr Bett hatte ein Gitter, wie bei einem Kind, daß es nicht herausfalle. Als die Schwester draußen war, fing die Frau an zu jammern. Nein, es war kein Jammern, dazu gehören Worte, sie wimmerte. Dann wußte ich plötzlich, daß sie winselte. Als Kind hatte ich einmal einen sterbenden Hund auf diese Weise winseln gehört. Die Stimme der Frau klang nicht alt. Gegen zwölf kam ein Mädchen ins Zimmer. Es hatte eine Schultasche auf dem Rücken und zog die warme Pudelmütze herunter. Schnurstracks ging es zum Bett am Fenster. Es schaute und horchte eine Weile hinein, dann sagte es: »Oma.« Das hieß: Schau, ich bin da, höre auf! Diese winselte weiter, und ich wunderte mich, wie lange das Kind so unbeweglich stehen konnte. Endlich sagte es noch einmal: »Oma!« Diesmal lauter, als rufe es jemand, von dem es weiß, daß dieser es nicht hören kann. Nachher zog das Mädchen die Mütze über ihr schönes, schwarzes Haar und ging rasch hinaus, ohne dabei zurückzuschauen. Frau Kirchmann war also doch eine Oma! Eine Ärztin machte sich bei ihr zu schaffen, dann war es still. Sie holten mein Mittagessen wieder, von dem ich beim besten Willen den Deckel nicht lupfen konnte. Es war noch nicht Besuchszeit, kam eine junge Frau herein. Ihren Pelzmantel, eine Schwester hatte mir gesagt, wie kalt es heute sei, hängte sie an den Haken, wo sonst der Kirchmänninnen Morgenmäntel hingen. Ihren schwarzen Haaren nach war es die Mutter des Mädchens. Sie setzte sich mit dem Rücken zu mir an das Bett. Bald kam ein junger Mann. Er nickte mir zu. Mantel und Mütze legte er auf einen Stuhl, dann setzte er sich auf den noch freien am Fenster und schaute ins Bett. Dann kamen sie, ein Ehepaar nach dem andern. Im ganzen waren es vier. Im Zimmer gab es drei Stühle. Auf einem türmten sich Wintermäntel und Mützen. Es war Samstag. Die Männer konnten also da sein und herumstehen. Die Frauen wechselten sich ab im Sitzen. Jedes schaute einmal tief ins Bett. Darin war es still. Ich hatte genug zu rätseln, welche wohl Töchter, Söhne, also Schwiegerkinder seien. »Als Karin da war, hatte die Mutter Schmerzen«, sagte die Frau, die zuerst gekommen war, dies laut und stolz. Darauf schwirrten Namen durcheinander: Isa, Bernd, Markus, die alle schon die Mutter besucht hätten. Diese Oma hat anscheinend mehrere Enkel. Aus dem Bett war es wie »Jiih« zu vernehmen. Ein Mann darauf: »Einen Gruß von den Amerikanern!« Eine Frau beugte sich tief zur Kranken. Ein Mann erzählte, wie er abends die Autobatterie ausbaue, um sie ins Wohnzimmer zu nehmen, wieder ein anderer von Frostschäden in seinem Betrieb. Eine Frau zog am Fenster die Vorhänge zu, denn trotz aller Kälte schien noch die Sonne. »Ist nur gut«, sagte sie, »daß der Opa dies nicht erleben muß!« Auf dem Pullover einer der Frauen glitzerten viele Sterne. »Bei der Oma kann es nicht so schnell gehen«, sagte sie, »ich gehe morgen trotzdem beim Umzug mit.« Ach, es war ja Fasnacht, und ich hatte es wieder einmal nicht bemerkt! Jetzt war ich zu müde, um Frau Kirchmanns Besucher zu taxieren, sie fingen sowieso an zu gehen. Der Mann, der zuerst kam, ging zuletzt mit seiner Frau. Er sagte zu mir: »Gute Besserung.« Dann, es war bereits Abend, bekam ich selber von einer lieben Bekannten Besuch. Zwei Schwestern schleppten eine Spanische Wand vor Frau Kirchmanns Bett. Nachher war jede für sich, still und einsam.

Die Nacht war schon ziemlich vorgeschritten, da sagte Frau Kirchmann laut und deutlich: »Mein Gott.« Ich erschrak geradezu, wußte aber sofort, was sie damit meinte. Es betraf ihre Besucher. Es war mir ganz so, als denke ich ihre Gedanken: Was gehen mich die in Amerika drüben an? Sie soll doch beim Umzug mitgehen! Seine Batterie hielte die Kälte bestimmt aus. Mich brauchen sie nicht mehr. Und ich sie ebenfalls nicht. Ziemlich lange war Stille. Wieder sagte Frau Kirchmann: »Mein Gott!« Diesmal noch lauter, wie zornig. Ich wußte: Sie hadert mit Gott. Warum hat er ihr diese elende Krankheit zugedacht? Sie hätte niemandem geschadet! Nur ein bißchen schön wollte sie es noch haben nach dem Leben mit dem anspruchsvollen Mann, der Arbeit mit den vielen Kindern. Ab und zu am See spazieren, Kaffee trinken und Kuchen essen, mich über die guten Zeugnisnoten der Enkel freuen, wissen, wie es Karin ergehen wird! Es dauerte eine rechte Weile, bis Frau Kirchmann, »Mein Gott«, seufzte. Da war nun deutlich daraus zu vernehmen, daß sie Gott um Verzeihung ihrer Sünden bittet. Was wird sie denn zu bereuen haben? Den Besuchern nach zu urteilen, sind ihre Kinder rechte Menschen. Vielleicht hat sie die vier jungen Frauen manchmal gegeneinander gestimmt, vielleicht diesen Sohn dem andern vorgezogen, die Geduld bei ihrem Alten verloren. Da hätte ich ein längeres Register! Und ich wollte in Gedanken anfangen, meine Sünden aufzureihen. Da kam mir in den Sinn, der Pfarrer im Religionsunterricht hatte gesagt: Wer in der Nähe seines Todes alle Sünden bereut und Gott um Vergebung bittet, kann nicht verdammt werden. Mein größerer Bruder und ich glaubten ihm das nicht. Die Mutter konnten wir fragen. Zu der Zeit war nämlich, nicht weit von uns, ein zwölfjähriges Mädchen ermordet worden. Von einem Lustmörder, sagte man. »Der Kerl muß doch in die Hölle kommen!« sagte der Bruder. Die Mutter meinte, der Mann habe die Lust zu morden vielleicht geerbt, er sei darum nicht Herr über sich geworden oder hätten andere Menschen ihn zu sehr gekränkt. Gott sei barmherzig, er wisse alles. Wir sollen nur glauben, was der Pfarrer gesagt habe. Sicher hat man dies auch Frau Kirchmann gelehrt. Ich wälzte mich hin und her. Die Nachtschwester brachte mir eine Schlaftablette. Sie tadelte, weil ich nicht schlief: »Frau Kirchmann ist ja so ruhig!« Es war gewiß nach Mitternacht, als ich noch einmal »Mein Gott!« hörte. Es kann sein, ich täuschte mich, aber mir kam es vor, als freue sie sich. Ich dachte, man kann »mein Gott« sagen, wenn man Schönes sieht oder solches erlebt.

Als ich aufwachte, wurde es draußen gerade um einen Ruck heller. Ein Arzt stand am Fenster und schaute hinaus. Hinter dem Schirm raschelte und tuschelte es. Nun ist sie also tot. Mich überkam ein seltsamer Ärger, weil ich's verschlafen hatte, oder mehr noch, weil ich nicht mir ihr sterben durfte. Zwei Schwestern schoben das

Bett, in das ich nicht sah, hinaus. Danach verließ der Arzt mit einer jungen, großen Frau das Zimmer.

Sie hatte einen dunklen Mantel an. Bei den Besuchern war sie nicht dabei gewesen. Um ein Haar hätte ich sie gefragt, wie alt Frau Kirchmann denn geworden sei. Ich konnte mir's ausrechnen: Ihre Kinder sind dreißig, vierzig, so war sie um die siebzig. Die Schwestern schleppten die Spanische Wand hinaus. Gerade als sie an mir vorbeigingen, lag ich wieder richtig, mit den Füßen nach Osten. Dann schlief ich noch eine Weile.

»Wenn ich nicht sterbe, muß ich essen.« Darauf lachte die Schwester, die mir das Frühstück brachte, ein richtiges Gedeck wie für einen gesunden Mann. »Ich schneide Ihnen die Semmel durch«, sagte sie recht lieb. Das Brötchen splitterte frischgebacken, sein Inneres aber ballte sich zusammen, und ich mußte rasch nach der unförmigen Schale greifen, die mich seit langem begleitete. »Vielleicht heute Mittag«, sagte die Gute und schloß eine neue Infusion an. Das Mittagessen brachte eine andere Schwester, eine, die nichts wußte vom großartigen Frühstück. Die neue Frau Kirchmann am Fenster schaute gleich in die Schüsseln und sagte begeistert: »Braten und Teigwaren!« Das Wort Teig machte mir übel. Diese Frau am Fenster wollte ich sowieso nicht sehen. Die kleine Schwester brauchte es nicht wahrnehmen, daß kein Deckel gelupft worden war. Der komische Ärger aus den frühen Morgenstunden blieb, und die Tochter kam heute nicht. Dann jedoch bekam ich Besuch von einer Bekannten. Sie schaute immer wieder nach mir, daheim wie im Krankenhaus. Es war mir jedesmal eine Freude. Diese Frau kann sich in Herz und Magen anderer Menschen hineindenken, eine Gabe, der es vielen Leuten, mir eingeschlossen, mangelt. Darum tat ich immer schwer, jemandem etwas zu schenken. Aus lauter Bedenken, derjenige wolle es nicht, galt ich lieber als geizig. Nicht so die liebe Bekannte! Diese hatte das richtige Gespür. Sie holte aus der Tasche ein Tellerchen, halb Suppenteller, halb Schälchen, dazu einen Löffel. Dieser war ebenfalls nur halbgroß, denn sie dachte wohl, wer so appetitlos ist, frißt nicht mit großen Löffeln. Dann goß sie ein aus der Thermosflasche und fing an, wie einem Kind zu löffeln. Es war eine heiße Hühnerbrühe. In ihr schwammen kleine, weiße Würfelchen Hühnerfleisch. Die Suppe war würzig, aber nicht salzig, mager und doch fettig. Sie schmeckte mir, ich darf sagen, so gut wie schon jahrelang nichts mehr. Danach hatte ich ein wohliges Gefühl im Magen, im Kopf den Gedanken, daß dank der Brühe mein Leben gerettet sei, im Herzen weiß ich der lieben Bekannten ewigen Dank. Sie kam wiederholt, auch mit feinem Nachtisch aus der Schweiz, und mit mir ging's anhaltend bergauf.

Wessen Habe an einen anderen Ort gebracht werden muß, weiß, wieviel Unnötiges er um sich gesammelt hat. »Nichts haben, wäre eine feine Sache«, hat einmal ein wohlhabender Mann zu mir gesagt. Gerade fünf Tage war ich mit meinem Mann in der anderen, viel kleineren Wohnung. »Was ist wo?« und »wo ist was?« Wir waren beide nichts als unglücklich. Am fünften Abend stolperte ich mit dem linken Bein über das rechte. Ich fiel und brach den Knochen des Oberschenkels. Wieder lag ich im Krankenhaus, wieder an keinem Fensterplatz. Schmerzen, von denen man weiß, woher sie rühren, sind zu ertragen. Das Essen schmeckte mir jetzt. Mit Frau Kirchmann am Fenster gab es etwas zu reden. Sie war am Unteren See daheim, da, wo die Rebhänge steil sind. Vom Arbeiten in der Schrägstellung waren ihre Kniegelenke geschädigt. Zu dieser Zeit konnten weder sie noch ich gehen, so hatten wir Gemeinsames. »Haben Sie gehört? Heut in der Früh hat eine Amsel gesungen. Es wird Frühling«, sagte sie. Beim Krankenhaus, im nahen Wäldchen, lachte oft ein Specht. »Wenn der Specht lacht, kommt Regen«, wußte ich. »Gut, der Winterdreck muß weg!« lachte sie. Übrigens, dieser Vogel heiße bei ihnen Märzenfüllen. Märzen, weil er's in diesem Monat besonders wichtig habe, Füllen, weil sein Lachen an das Wiehern eines Fohlens erinnere. Unser Hauptgesprächsstoff war das Springen wie ein Fohlen, wann wir es wieder könnten und wer von uns beiden zuerst.

Bei der Visite sagte der Arzt zu mir: »Am Dienstag können wir Sie in die Reha entlassen.« »Hei! Sie haben gewonnen!« lachte Frau Kirchmann, als dieser draußen war. Zu ihr hatte er sich nämlich geäußert, sie müsse noch länger bleiben, da niemand sie nachher pflege. Ich hatte mich öfters gewundert, wie sehr man im Krankenhaus darauf achtet, daß der Patient ein Weiterleben hat. Die Schwester, die drei Wochen lang eine Trampel war, fauchte mich an: »In der Reha weht ein anderer Wind!« So versuchte ich weiter, selbständig auf die Füße zu kommen. Als es mir am letzten Abend gelang, sagte diese: »Werden Sie nicht übermütig!« Frau Kirchmann mußte gespürt haben, daß Ängste und Zweifel mich plagten. »Nur Mut«, sagte sie, bevor sie einschlief. Nun lag ich mit diesem Wort wach: Ja! Mut! Nur Menschen können ihn aufbringen. Übermut paßt nicht zu mir, gegen Kleinmut muß ich mich wehren, Großmut ist von den mächtigen Menschen zu erwarten, Helden- wie Todesmut kann man wenigen Verblichenen zuschreiben, Edelmut ist für Adlige, Sanftmut für Heilige, Demut für Fromme, Anmut steht den Jungen zu, Unmut den Nörglern, Mißmut für die Schwachen, und Wehmut für traurige Leute. Man kann sich selber wie anderen etwas zumuten, sie er- oder entmutigen. Wegen des Beines konnte ich mich nicht rum und num drehen, so fiel mir der Wankelmut ein.

Endlich – es ging bald dem Morgen zu – wußte ich das rechte Wort: Gleichmut. Dieses ist nicht einfach zu beschreiben, in einen Satz zu fassen. Es kam mir aber vor, als sei nun das der Leitfaden für mich. Vom Gleichmut, läßt der Dichter Anton Tschechow in einer Geschichte einen Gelehrten sagen, es sei ein Schlaganfall, der die Seele getroffen hat, ein Sterben vor der Zeit. Das kann er nur für junge Menschen gemeint haben! Im Alter kann Gleichmut mit Gleichgültigkeit gemeinsam gehen.

Frau Kirchmann wunderte sich, wie frohgemut ich aus dem Krankenhaus in die Reha gehe. Ich lachte lauthals, als sie das Wörtchen sagte, denn dieses hatte ich in der Nacht nicht bedacht. Leider habe ich von dieser Frau Kirchmann nie mehr gehört.

In der Reha ging es mir diesmal sehr gut. Ärztin, Arzt, alle Pflegepersonen waren freundlich und besorgt. Wahrscheinlich spürten sie, was jetzt meine Losung war, und sie bestärkten den Gleichmut. Am liebsten möchte ich ihnen und allen, die mir halfen, wiederholt danken. Der gute Doktor, der sich meines weiteren Wohlergehens annahm, erkundigte sich nach den Schmerzen im Bein. Manchmal seien diese erheblich, sagte ich. »Die spüren Sie noch nach dreißig Jahren«, meinte er. Dann lachte er belustigt, denn er sah, daß ich rechnete.

Meinen Mann, der sehr auf mich gewartet hatte, versuchte ich am Leitfaden Gleichmut mitzuziehen. Das Haus, empfahl ich, mit Treppen und Wänden, mitsamt Garten und Gasse, wollen wir hinter uns haben. Hier ist einfach zu existieren. Und die Tochter lebt mit ihrer

Familie nur einen Katzensprung entfernt. Der See ist gleich nah, dort wie hier. Gleich geblieben ist meine Unfähigkeit, hohle Stunden zu ertragen, so habe ich wieder angefangen zu schreiben.

Mundartbegriffe

blären = plärren, weinen
Bodenbirnen = Kartoffeln
Brötle = Weihnachtsgebäck
Dichtermähli = Festessen zur Preisverleihung
drimmlig = schwindlig
Fallig Weh = Epilepsie
Frucht = Brotgetreide
Glattern = angetrockneter Kot
grusteln = wühlen
gspäßig = eigenartig
Gumpen = tiefe Stelle im Bach
Kind = (auch:) Kinder
Kunde = Landstreicher
Lausssträhl = Staubkamm
Rälle = männliche Katze
Roß = Pferde
rum und num = herüber und hinüber
Russen = Küchenschaben
Schütte = Dachboden
Schwaben = Küchenschaben
Sichelhenke = Ende der Getreideernte
Storren = toter Baum
strählen = kämmen
Tischwinkel = Herrgottswinkel
um den Weg = in der Nähe
Unfirm = Untugenden
venerisch = geschlechtskrank
verlochern = verscharren
War = große Kinderschar
Zänne = weinerliche Grimasse